最後的禮物

培育文化 勵志學堂 60

最後的禮物

作者 紀維芳
責任編輯 姚恩涵
美術編輯 姚恩涵
封面設計 黑月

出版者 培育文化事業有限公司
信箱 yungjiuh@ms45.hinet.net
地址 新北市汐止區大同路3段194號9樓之1
電話 （02）8647-3663
傳真 （02）8674-3660
劃撥帳號 18669219
CVS代理 美璟文化有限公司
TEL／(02)27239968
FAX／(02)27239668

總經銷：永續圖書有限公司
永續圖書線上購物網
www.foreverbooks.com.tw

法律顧問 方圓法律事務所 涂成樞律師
出版日期 2017年01月

國家圖書館出版品預行編目資料

最後的禮物 / 紀維芳作. -- 初版.
-- 新北市 : 培育文化, 民106.01
面； 公分. -- (勵志學堂 ; 60)
ISBN 978-986-5862-88-6(平裝)

859.6 105021484

第一章　晚期……5
第二章　初遇孩子們……17
第三章　新生活……31
第四章　不能說的事……45
第五章　適應與不適應……59
第六章　兄弟的成長……73
第七章　躁鬱症……87
第八章　醫院……101
第九章　露營……113
第十章　發病……127
第十一章　對抗癌症……139
第十二章　希望……157
第十三章　必須接受的事實……171
第十四章　無法實現的心願……183
第十五章　最後的禮物……197

最後的禮物

第一章　晚期

民國一百零一年，春天。

這是萬物甦醒的日子、是一年四季的開始、也是世界充滿生命力的源頭。

但是，無論是哪一個季節，總會有一些令人心碎的消息與故事，每天輪番上陣。

「巫朵依小姐，這是您的檢查報告。」翻閱手上的資料，朵依一個人默默無語的坐在公園的長凳上，回憶前幾分鐘跟醫生的對談。

「應該沒有什麼太嚴重的病吧？我最近總是覺得很不舒服，常常頭暈又流鼻血，有時候還會想吐，吃不下東西。」朵依一邊看著醫生開啟X光照圖，一邊翻著檢驗報告書說。

「上次經過核磁共振檢查之後，我們發現在您左胸口有一塊腫瘤，您也很快的就跟我們配合進行手術切片檢驗，檢查結果……」醫生推了推眼鏡，雙手交扣的放在下顎，深深嘆了一口氣。

「是不好嗎？」朵依看著醫生欲言又止的樣子，把報告書從牛皮紙袋裡拿出來，密密麻麻的數據還有不能理解的英文單字讓朵依頓時不知道該從何看起。

「乳癌晚期。」醫生看著朵依翻找的樣子，輕輕的說出這很簡單卻也很困難的四個字。

愣了一下，朵依慢慢的將視線從報告書上移到說話者身上，她不可置信的看著眼前穿著白袍、經驗豐富、救人無數的醫生，「乳癌晚期？」她問。

「是的，但因為還不是末期，所以仍然可以接受治療，康復的機率也比末期高上許多。」這是很難以接受的消息，但畢竟是在醫院裡經歷過許多生離死別的醫生，雖然感到抱歉卻必須得專業的告知病人接下來的治療流程。

朵依只是愣愣的聽著、看著，腦中頓時浮現了過去很多回憶。

「醫生，」朵依打斷了醫生的說明，「如果不治療的話，我還有多久？」

「嗯，最多兩年。」

「兩年。如果我治療的話，有辦法痊癒嗎？」

「病人在治療過程中，好心情的維持很重要，我們會盡全力去治療您，但是依照巫小姐的年紀，痊癒需要很長一段時間，而且復發性也不低，但有治療至少可以延長生命，也許在這段時間我們就會找出能夠痊癒治療的方法。」

「延長生命嗎？如果是痛苦的活著，我還不如平靜的死去。」

「巫小姐，病人得知惡耗之後都會產生悲觀的心情，但這會加速癌細胞擴長……」

「沒關係，謝謝你醫生，我會好好思考接下來該怎麼辦，然後如果我需要接受治療會再回來找你的，謝謝你！辛苦了。」勉強擠出微笑的朵依拿起報告書和包包，告別醫生後離開醫院。

「晚期啊，呵呵……」在長凳上的朵依此時真是無語問蒼天。

「孜孜孜——孜孜——」感受手機傳來訊息的震動，朵依將其拿起一看：

「檢查結果還好嗎？」

「你在忙嗎？我現在可以去找你嗎？」朵依回覆了訊息。

「好啊！中午休息時間沒什麼事情，妳過來吧。」對方一傳來回覆之後，朵依便招了一台計程車，沒過多久就抵達位於醫院不遠處的某工地。

「哥。」敲了敲辦公室的門，裡面的人應了聲後，朵依便開門進去。

「檢查結果怎麼樣？」端了剛泡好的茶遞上前，鋼頭鞋、安全帽、螢光衣還有腰間配戴的工具，朵依的哥哥——巫大勝是工地的工頭，同時也是釘板與做鐵的師傅。

「乳癌晚期。」朵依將診斷報告書放在桌上。

「癌症？怎麼會？」大勝拿起牛皮紙袋裡面那幾張薄薄的紙，驚訝的翻閱著。

「剛剛醫生說治療的話可以痊癒，但是機率不高，如果不治療還有兩年。」喝了一口茶，朵依無奈的苦笑了下。

「兩年？朵依啊……」大勝皺著眉頭，不捨的看著眼前的妹妹。

兩人從小家境雖然不算富裕，但是雙親沒有虧待過兄妹兩人。只是妹妹的感情路一向不算順遂，如今又收到如此晴天霹靂的消息，大勝內心很複雜。

「沒關係啦！我就像是這輩子要來還債一樣，大概是上輩子造了太多孽、做了太多壞事，這輩子才會這麼坎坷吧。」朵依雙眼無神的說。

「妳不考慮治療嗎？至少可以延長生命。」

「然後最後的兩年苟延殘喘的活著？痛苦的活著？」朵依笑了下，看著眼前從小就疼愛自己的哥哥。

「去美國吧！妳嫂嫂跟姪女也在那邊，美國的醫療也比較進步，還有人可以照顧妳。」

「你這樣的意思是說美國都沒有因為癌症過世的人囉？」

「話不是這麼說，妳……」

「哥，我不是什麼堅強的人，但是經歷過太多分分合合、生離死別，總想著有一天會輪到我，只是沒想到這麼快，我連心理準備都還沒有。」

「妳跟那些人的緣分這輩子盡了、欠彼此的債也還完了，不要一直掛在心上。」

「也許我是剋夫命吧！」朵依的臉上充滿了對生命的絕望，蒼白的臉沒有任何血色。

「在職場上認識了啟國，交往三年後我們就結婚了，生活過得很幸福，兩年期間都是新婚期，每天甜甜蜜蜜、開開心心，他也把自己的公司經營的有聲有色，正當準備要懷孕的時候，就出了車禍，過度疲勞駕駛。我身為太太卻沒能幫他減輕生活的負荷。」朵依自言自語的回憶過程。

「朵依，妳到現在還是很想他嗎？」大勝皺著眉頭看著妹妹，啟國是她的第一任丈夫。

「想念是一定會的，只是沒有當時那麼思念了，畢竟我後來又嫁了很多人——還記得你請媒人來替我說媒，然後我認識了昇泰嗎？一個跟啟國完全不一樣的男人，個性陽剛、外向，充滿魅力，大概是因為職業的關係，海上救生員加上喜歡衝浪，個性自然開朗。但也是因為這樣所以才在救人的時候……那時候結婚才一年半，是我才正要放感情去經營的時候。」

「嗯……」沒有打斷，大勝知道現在要讓朵依抒發心情，他自己看著妹妹的樣子也覺得很難過。

「後來沒多久，我認識了宏源，前兩段感情讓我不敢再談戀愛，他也是慢慢的、靜靜的陪著我，每天都出現在我的生命裡，從來不缺席，終於兩年之後我答應嫁給他，沒想到才剛度完蜜月回來，我最害怕的事情還是發生了。」

「朵依……」大勝想要阻止妹妹繼續陷入無止盡的悲傷回憶，卻被朵依用手勢暗示沒關係。

「雖然我知道消防員總是在火裡進進出出，但我沒想到他會為了救人而失去生命，因公殉職，喪禮上我一滴眼淚也沒掉，結果被他的家人朋友說冷血。」朵依喝了一口茶潤潤喉之後繼續回憶著那些讓她曾經很難過的過去。

「我一塊賠償金都沒拿就離開了那個家，原本不期待感情能給自己帶來什麼歸宿，才會這樣前後失去三任丈夫，然後你又覺得應該找個人照顧我，所以就一直替我說媒，相親的時候我也跟炳祥說了我是剋夫命，但他還是無可救藥的對我付出，大概是一見鍾情吧！原本該斬斷兩人的關係，可是我卻發現我也很需要一個人陪在身邊，然後自私的我就答應了他的求婚，在沒有愛情的情況下我也許可以讓他避免跟我結婚就會死掉的詛咒。」苦笑了聲，朵依的眼角開始濕潤。

「沒想到還是走了，新婚即將邁入第三年的時候，因為交際應酬喝了太多酒、抽了太多菸，肺癌、肝硬化都找上他，為了不拖累家人，寫了遺書就自殺了。」朵依哽噎著。

「炳祥也真是的，都沒想過妳該怎麼辦。」大勝無奈的說。

「大概覺得我不愛他所以可以很快的從失去他的悲傷裡走出來吧，不過他是對的，我只是需要一個人陪在我身邊，我其實不愛他。」

「妳不是不愛他，是正準備要愛他的時候，他就走了。」大勝說。

「所以才說愛情不能等，總是要珍惜身邊的人，因為不知道哪一天他就離開了。」

「我還記得妳喜孜孜的打電話問妳大嫂要怎麼煮人蔘烏骨雞，說要給他補身體，我才正高興妳終於開始慢慢的經營這段婚姻，沒想到……」大勝說。

「呵，大概是上天聽到我的懺悔，所以決定再給我一次機會吧！」朵依從皮夾裡拿出一張照片，上面的男子坐在輪椅上卻笑得很燦爛，朵依就待在那個男子身邊，臉上也充滿了喜悅。

「這是……？」大勝看了照片一眼，驚訝的問。

「讓我成為龐大遺產繼承人的最後一任丈夫，羅斯。」朵依若有所思的看著照片說。

「當初叫妳不要跟他登記結婚妳不聽，結果呢？還不是……」

「他已經是垂暮之年的人了啊！雖然跟我差了很多歲，但是很疼我。很多人說我是為了錢才嫁給他，事實也是如此，雖然他死後我也的確成為他所有遺產的繼承人，那筆錢也足夠我這輩子不愁吃穿，但就因為這樣所以上天才這麼處罰我吧！讓我一點徵兆都沒有就得到乳癌晚期。」

「妳該慶幸的是這五段婚姻妳都沒有留下孩子，至少是一個人輕鬆。」

「孩子？呵呵，我跟炳祥也為了這件事情發生過一點口角，我很堅持不要孩子是因為我真的沒有把握可以給他們一個完整的家，但是炳祥卻聽不進去我的恐懼。也罷！他都走了，你說的對，還好我沒有孩子。」朵依的眼神閃過一絲可惜，但很快就被自己的情緒覆蓋過去了。

「要不是妳發生這種事情，我原本還想問妳要不要去收留幾個孩子呢。」大勝說。

「我現在這個樣子，是沒辦法收養孩子的，雖然也覺得很可惜。應該要體會一下為人母的感受才不枉自己來人世間走一趟。」朵依說。

「善雅就跟妳大嫂在美國，你們彼此之間相處的時間也就四五年，實在也沒辦法讓妳體會了。」

「我幾個已經當媽的朋友都說，有孩子之後會變的比較勇敢，雖然辛苦但卻什麼事情都以孩子第一。我還沒有真正去體會過那種感覺呢，那種會操心卻又甘願的甜蜜負荷。」

「朵依，妳要不要打算去接受治療？雖然會很辛苦，但是重新找回健康不好嗎？這樣也許妳康復之後就有機會可以去領養孩子了。」

「哥，經歷了五段感情我已經怕了，老天總是在我已經依賴、習慣對方存在的時候，把他們帶走，如果我去領養了孩子們，那他們是不是就要跟我一樣承受生離死別的痛苦？」

「妳不是說過嗎？有了孩子之後會變的比較勇敢，妳就去試試看吧！為了孩子們努力活下去。」

「算了吧！我現在哪有心情去領養孩子，更別說照顧他們了。」

「妳真的不打算去治療？」

「嗯，不打算。」

「也就是我最多就只能待在妳身邊兩年了。這段期間我沒有盡到哥哥的責任，對不起。」

「哥，你也是有家庭有事業的人，怎麼可能一直在我身上費心？你不要放在心上，我沒事。」

「朵依啊，如果妳打算治療，我一定會盡全力幫忙，即便把妳送去美國也一樣。」

「不用了啦，我又不是非得要去治療不可，沒有讓我要留在世界上的理由，爸媽都過世了……」

「我從小就很疼妳，難道妳不能為了我努力一次，勇敢的活著嗎？」

「我很努力了！但是有點累了。」

大勝看出朵依的心思，雖然很擔心但他知道現在無論說什麼，朵依都聽不進去。

「好吧，但是如果妳不治療，想一下自己是為什麼而活？什麼才是有意義的事？兩年，應該很夠妳去完成妳想要做卻還沒做的事。」

第二章　初遇孩子們

「叩、叩、叩。」正當兩人都陷入沉默的時候，外頭響起敲門聲。

「是誰？」大勝朝外喊了聲。

「大勝叔，是我。」門外傳來一個稚嫩的聲音。

「喔喔！禹豪是嗎？快進來！」大勝站起身走到辦公桌旁，拿出一個信封。

一個長相清秀、身材高挑、看上去像是花美男一般的男孩子，開了門後滿頭塵土的走進來。

「喏，這是你這個月的薪水，點一下。」

「一、二、三、四……大勝哥，你多給我三張。」名為禹豪的男孩從信封裡多抽了三千塊台幣出來。

「那是你這個月的全勤獎金，拿去吧！」

「可是全勤獎金不是只有一千塊嗎？」

「這次工程款多撥了一點，我就給大家都多加一點薪水，這個月的全勤改成三千。」

「這麼好！謝謝大勝叔。」

「禹豪啊，你可別跟其他人說你全勤獎金領了三千塊。」

「為什麼?不是大家都一樣嗎?」

「雖然你是個孩子，大家都可以體諒你的狀況，但是難保有人會覺得你的工作太輕鬆，會眼紅的。人怕出名豬怕肥，別人如果問你薪資的事，你就按照原本我教你的那樣說。」

「喔喔!好，我知道了。謝謝大勝叔，那我回去了。」

「欸——等一下，這裡有一包米，我抽獎抽到的，但是我家太多了吃不完，你拿去吧!」

「這、這怎麼好意思?」禹豪雖然這麼說，但眼神卻一直盯著那包米。

「沒關係，我獨自一個人住，老婆女兒都在美國，絕對吃不完啦，你們家三個人幫我吃剛好!」

「那我就不客氣了，謝謝大勝叔。」禹豪向大勝鞠個躬後，正準備要把米抬起來的時候，大勝又叫住他了。

「禹豪啊，這一箱糖果餅乾是我太太從美國寄回來的，她也真是的，總是寄這些小朋友的零嘴，我又不愛吃，你拿回去吧！」

「這怎麼可以呢？這是阿姨的心意，我怎麼可以拿呢？」

「沒關係！沒關係！你看看我都這麼胖了，啤酒肚這麼大一個，再吃下去今年中元普渡都可以參加普渡大會了，你知道以什麼身分參加嗎？嘿嘿。」大勝笑了下。

「董事長？」禹豪不解的問。

「唉唷，什麼董事長，我是以神豬的身分去參加的啦！嘴裡會咬蘋果或是橘子，然後秤斤論兩的那種大神豬。嘿嘿，說不定我會得第一名咧。」大勝一邊說一邊比手畫腳，逗得朵依跟禹豪哈哈大笑。

「噗哧，大勝叔你也太搞笑了，這樣讓我支持你好呢？還是不支持你好呢？」

禹豪嚴肅的表情頓時笑開懷，大勝也跟著覺得心情不那麼壓抑了。

「你支不支持不是重點，因為我無論如何都會得第一的啦！」大勝拍了下自己的大肚子後說。

「可是美國也有台灣零食小吃啊？」翻著一包包的餅乾，禹豪露出不相信的樣子。

「唐人街有聽過吧？美國唐人街什麼都有，我都跟我老婆說別寄這些台灣就買得到的零食，她就執意要這麼做我也沒辦法，你拿回去吧！我再吃下去，三酸甘油脂都要飆升了。」趕緊轉移話題的大勝，讓一旁的朵依看穿了他的心思。

「大勝叔，那是喝太多酒加上吃大魚大肉才會飆升啦！」禹豪笑著說。

「啊！反正那種小孩子吃的東西我不吃，丟掉也是可惜，你就拿回去吧！」

「哈哈哈，好的！謝謝大勝叔，那我就不客氣了。」

「拿得動嗎？我等等叫砌磚師傅載你一趟吧！他家跟你家好像是同個方向。」

「沒關係，我可以自己回……」話還沒說完，整箱糖果餅乾就被打翻了。

「你看看你！是不是跟你說太多太重了？我叫阿強師傅跟你一起回去吧，不要逞強！你這孩子什麼都好，就是愛逞強。」

「嘿嘿，不好意思，那就麻煩你跟阿強叔了。」

「沒什麼，用心努力工作就好，幫我跟你的弟弟妹妹們打個招呼啊！有需要幫忙的地方儘管開口。」

「好！謝謝大勝叔，那我先去找阿強叔請他幫忙。」

「好好好！回家小心，明天見啊！」

「嗯！明天見。」

❀

看著離開辦公室的男孩，大勝的臉上露出一個很複雜的表情。

「哥，他是誰啊？這個年紀應該是在學校上課，怎麼會跑來工地打工？」朵依看著剛才發生的事情，對禹豪起了興趣。

「他叫宋禹豪，是個很努力工作的孩子，從國二開始就在我這裡了。」大勝眼帶憐惜的說。

「什麼？國二開始？」朵依驚訝的看著哥哥，不可置信的提高音量問。

「嗯！」大勝重新沖了一壺茶，然後給自己的杯子滿上後說。

「家人呢？父母呢？怎麼會國二就開始打工？你這樣是收非法童工耶！」依

然是提高音量的質問。

「我有什麼辦法？他一把眼淚一把鼻涕的來求我讓他有工作，做起事來不計較，手腳也很俐落，是個好員工啊。」大勝無可奈何的回應妹妹的問題。

「哥，你什麼時候會做這種犯法的事了啊？他如果出意外你要付很大的責任，你知道嗎？」

「我知道！我就是怕他出意外才讓他做些簡單的工作，然後多少貼補他。」

「這孩子的家人呢？」

「他本來也是一個在正常又幸福的家庭下長大，爸爸跟媽媽都是公司職員，每個月領的錢夠他跟弟弟妹妹們生活，他也是個很多才多藝的孩子，運動方面體格真的沒話說，要不是我知道他發生什麼事，絕對不會相信他的遭遇。」

「怎麼了？」被禹豪的事情引發好奇心，朵依的表情就像是在催促大勝快點告訴她一樣。

「妳還記得幾年前轟動了整個台灣，還有總統、議員、立委還有警界高層的報導嗎？」

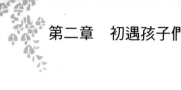

「幾年前？有這麼大陣仗的新聞嗎？」

「警匪追擊戰吶！被媒體大肆報導，還差點換了幾個高層官員。」

「喔喔喔！我想起來了，因為追擊的關係波及到很多無辜的路人跟商家，警方也陣亡了兩三名兄弟，那時候各大醫院都在缺血，社團網站還掀起一股去捐血的熱潮。」朵依若有所思的點點頭。

「嗯，在警匪追擊戰中的犧牲者中，有一個就是禹豪的爸爸，在下班回家的路上跟搶匪的車迎頭撞上，還沒來得及從車裡救他出來，整台車就爆炸了。」

「啊，那時候被說是阻止這場浩劫的英雄人物啊。」朵依一邊回憶一邊說。那時候的事件真的是造成整個社會的轟動，追究責任是一回事，造成的傷亡讓很多家庭到現在都還是支離破碎的狀態。

「嗯，因為禹豪父親的犧牲，搶匪也被逮捕了，但是禹豪家的經濟支柱也垮了。」大勝感嘆的說。

「他的媽媽呢？」朵依聽到這個消息，整個人顯得很驚訝，畢竟從小到大朵依和大勝都是在父母的關愛中成長的。

「因為爸爸過世的關係，所以媽媽必須擔起養家的責任，但是在某天出門之後就沒有回來了，孩子們在家裡待了一個多禮拜，禹豪看著弟弟妹妹都沒東西能吃，透過別人介紹找到了我，國二開始就偷偷在這裡打工。」

「學校老師都沒有察覺到什麼嗎？」

「沒聽他反應，問了他也不說，我也一直在思考要怎麼處理他的事，畢竟為了專心工作，國中畢業之後自己放棄升學，賺的錢都給弟弟妹妹們念書了。」

「這樣的孩子應該很怨恨親生媽媽吧。那他沒有別的親戚可以領養他們嗎？」

「聽他說爸爸的兄弟都不想給自己收拾這爛攤子，媽媽是獨生女，爺爺奶奶和外公外婆也很早就過世了，加上禹豪不希望自己和弟弟妹妹們拆散，已經失去父母了，如果再失去手足的話，我怕他個性會扭曲，目前也就只能先暫時這麼幫他了。」

「那為什麼不通報家扶中心安排更好的家庭？」

「台灣沒有家庭可以一次領養三個年紀這麼大的孩子，如果要領養可能也要送到國外去了，所以禹豪才一直拜託我不要通報家扶。」

「可是這樣也不是辦法吧。」

「我如果不聘用他，這孩子拿什麼吃飯？弟弟妹妹們該怎麼辦？他們這個年紀應該要有的開心全都被現實給剝奪了，唉，我現在所做的也就當作是領養他們了。」

「那你怎麼不去辦領領養手續？你來領養不就好了？」

「哇！我如果真的領養了，哪來的錢去養他們？我可是還有妳大嫂跟姪女在美國的耶！」

「大嫂不是也有在上班？」

「說是這麼說，但我覺得妳大嫂知道後不會同意的，我用這種方法可以讓他們好過一點，但也沒有到我必須要完全負責他們的人生啊！我又不像妳，前後五任丈夫留給妳的錢足夠讓你買下好幾棟一零一大樓，甚至出去環遊世界一圈都沒問題。」

「哥……」

「好啦好啦！知道妳不愛聽我碎碎念。」

「感覺他們的生活也不好過呢。」

「難道妳要收養他們嗎？」

「我正在思考這個問題，你不是說我沒有體會過當媽媽的心情很可惜嗎？如果我去收養他們，你覺得如何？反正我財力夠啊！」

「妳覺得呢？我是很支持妳去做想做的事，但收養孩子不是開玩笑的耶！妳首先就要先通報家扶中心，然後讓他們去評估妳的資料還有一堆雜七雜八的測試。妳確定妳可以？」

「總是會有辦法的啦！我對自己的環境跟財力非常有信心，你就別操這個心了！」

「但重點是領養人的健康報告呢？」

❀

大勝一說出這個條件，立刻換來朵依的沉默。

「妳看吧！一個還能在世界上多活兩年時間都是奇蹟的人要領養三個孩子？

妳覺得政府會同意嗎？妳這麼做反而不是幫助他們，是拆散他們兄妹三人啊。」

「哥……」

「妳沒忘紀爸媽過世時，親戚要分別領養我們的那個時候吧？」

「嗯，我緊緊的抓著你的手說絕對不要跟你分開。」想起爸媽也是因為車禍過世，朵依就滿滿的感嘆，如果不是對方酒駕又闖紅燈，父母也不會這麼早就離開兄妹兩人，她認為真該給全世界酒駕的人判死刑，才對得起那些因酒駕而身亡的無辜人士。

「還好那時候我已經成年了，可以獨當一面賺錢養家，妳也很爭氣的靠自己的力量完成大學學業，我們都算是苦盡甘來，妳懂那種不想被拆散的心情，對吧？」

「嗯，是這樣沒錯，但還是覺得沒有父母依靠的孩子很辛苦。」

「朵依啊，我講話一向直接但中肯，我知道妳想要完成這個願望，但是這不是妳一個人就能做得來的，還需要許多人一起幫忙，以前爸媽養育我們的時候總說：『養一個孩子需要整個村莊的幫忙。』更何況妳現在要領養三個孩子，妳自己的健康狀況也不穩定，我實在不建議妳這麼做啊。」

「好啦！我知道了，不過，你知道禹豪家在哪裡嗎？」

「妳要幹嘛？」

「先評估再說吧！他們最缺的物質是我最富有的金錢，而且禹豪是大孩子了，不一定會接受我呢。啊！總之快點告訴我禹豪家在哪裡啦！」

最後的禮物

第三章　新生活

朵依一向不太喜歡去打探別人的隱私，她認為每個人的生活習慣都不一樣，自己無權去要求其他人滿足自己的生活標準，他們不是為了自己而活，相反的，自己也不是為了誰才存在於世界上。

但是禹豪給自己的印象實在太深刻了，不只是他的家庭背景，就連他散發出的氣質都讓朵依無法忘記這個孩子的存在。

這個年紀，應該是跟同學們一起在校園裡盡情揮灑青春的時刻。

這個年紀，應該是跟好朋友們一起稱兄道弟、說好以後無論如何都要互挺對方的時候。

這個年紀，應該正是要有了喜歡的女孩子，為了她而產生第一次戀愛的微妙滋味。

這個年紀，應該是懷抱對未來充滿期待的心情，為自己的人生努力奮鬥著的日子。

但是，在禹豪的身上，朵依只看見了淡淡的憂傷、認份而務實的態度。

他沒有青少年的稚氣，只有一副被強迫長大的倔強。

他少了這個年紀該有的天真無邪，多了被勞累與歲月在臉上刻下認清現實的痕跡。

如同看見自己和哥哥的過去一般，見到宇豪讓她想起父母雙亡的那段辛苦時期。

❀

依照著大勝給的地址，朵依來到禹豪的住所，外表看起來是已經荒廢許久的農舍，旁邊開拓了一小塊地，種植幾顆青蔥、青江菜、紅蘿蔔和地瓜。

「天啊，這種環境怎麼住人吶？」朵依皺起眉頭，尋顧四周之後走上前去敲了敲門——與其說是門，不如說只是一片破舊的木板，將屋內與屋外隔成兩個世界。

她心想：「如果我沒辦法改善這樣的生活環境，我就算死也不會瞑目，原來世界上比我們還要可憐的人太多了。」

「是誰？」門的另外一端傳來一個稚嫩的聲音，輕巧而謹慎，是個女孩子。

「妳好，我是禹豪的老闆的妹妹，請問禹豪在嗎？」雖然大可破門而入，直接把木板搬走就好，但朵依並不想嚇壞孩子們，她希望自己即將領養的孩子能夠給自己百分百的信任，就算做不到滿分，至少也要及格。

朵依自我介紹完之後，木板的另外一邊卻消聲了。久久不見回應的朵依擔心自己是不是嚇到孩子們，正想再敲一次門的時候，禹豪熟練的將木板推開，那熟悉的面孔、難以忘記的氣質以及帶有警覺性的眼神正疑惑的看著她。

「請問有什麼事情嗎？」

「我們只有見過一次面，就是幾個小時前，你應該沒這麼快就忘了我吧？」朵依說。

「請問有什麼事情嗎？」依然提高警覺，禹豪沒有表情的看著朵依問。

「這應該不是有禮貌的待客之道吧？客人遠道而來，應該請我進屋內入坐才對吧？」

「請問妳有什麼事情嗎？」禹豪依然不妥協的又問了一次。

「唉咦——真是的！我原本以為你是個討喜的孩子呢。」朵依從包包裡拿出一個牛皮紙袋，裡面裝的東西將袋子撐的鼓鼓的。

「這是什麼？」不敢隨意接過朵依的紙袋，禹豪小心翼翼的問。

「你去年的年終獎金。」

「年終獎金？大勝哥給過我了呀！而且怎麼會在這個時期才補給我？」

「這麼說吧，去年的年終獎金是我哥給你的沒錯，這份是我給你的。」

「阿姨給我的？為什麼？我沒有在阿姨的公司上班、也沒有幫妳做過什麼事情呀！」

「因為我入股了啊，所以現在我也算是你的老闆之一了，老闆發獎金給優秀的員工，合情合理吧？」不等禹豪招待，朵依自顧自的走進了禹豪的家。

家裡的狀況讓朵依感到十分驚訝，雖然沒有到髒亂不堪，但是她卻對於這樣的生活環境感到擔憂。

剛才的木板當作門就不提了，整個家裡嚴格算起來只有一個空間，也就是吃飯、煮飯、睡覺、寫作業全部都在同一個地方。

不只如此，衣櫃是用外面撿來的木板拼湊出來的；冰箱已經沒有冷凍與冷藏的功能，只剩下擺放食物的用處；窗戶因為老舊而生鏽，打不開也關不上；床根本稱不上是床，應該是沙發鋪上一件床單，用許多衣服折整齊之後疊起來當作枕頭，被子也沒有被單。

「你們平常上廁所跟洗澡怎麼辦？」環顧四周一番後，朵依問。

「外面有流動廁所，我們通常都去那邊，洗頭可以用廚房的水槽、洗澡就拿濕毛巾擦一擦身體。」

「你們這樣生活多久了？」

「誰知道，可能很久了吧，自從爸媽去世之後，為了凱蒂的學費跟承均的醫療費用，我把家裡能賣的東西都賣掉了。」

「醫療費用？」朵依轉頭一看，禹豪身邊站著一個女孩，應該就是剛才應門的那個孩子——禹豪口中的妹妹凱蒂。

而凱蒂的身後坐著一個小男孩，年紀看起來最小，但是家裡惡劣的環境並沒有遮蓋他圓滾滾而發亮的眼睛，美中不足的是他坐著輪椅。

「小弟弟，你叫什麼名字？」朵依走過去蹲下，跟眼前的輪椅男孩視線平齊之後問道。

「宋承均。」男孩羞澀的回答，但是說完後臉上便浮出笑容說：「妳好像媽媽喔！嘻嘻。」

「承均！」凱蒂一把拉過承均的輪椅，「妳怎麼可以說別人像媽媽？她一點也不像啊！」

「承均，謝謝你說阿姨像媽媽，那你可以告訴阿姨你怎麼會坐輪椅嗎？」

「承均他從小就有小兒麻痺症，沒辦法站立行走。」禹豪擋在弟弟妹妹們前面警戒的說：「雖然我不知道妳到底是因為什麼事情來找我，也猜得出來應該是大勝叔給妳我家的地址，但是妳現在的行為會讓我的家人感受到威脅，也會讓我感覺不舒服，如果沒什麼事情的話，我就不送了。」

「看樣子環境的確會造就一個人的個性，禹豪，我能跟你單獨聊一聊嗎？」朵依說完後走向外頭。

「哥哥，那個女生好奇怪，你不要出去。」凱蒂拉著禹豪的手擔心的說。

「不要怕也不要擔心，他是哥哥的老闆的家人，不會傷害我的，妳跟承均乖乖的待在這裡不要出來，而且妳忘了妳哥哥我，是大力士啊！會保護這個家、保護妳跟承均的，我很快就回來了！」摸了摸凱蒂的頭，禹豪跟在朵依之後走了出去。

對凱蒂而言，禹豪就像是拯救世界末日的超人一樣，在父親過世之後一肩撐起整個家，雖然生活環境不算好，但至少三兄妹過得開心快樂，她記得那年在父親的喪禮上……

❀

「你瘋了嗎？現在經濟景氣這麼不好，你多領養一個孩子就是多一張口吃飯，更何況為什麼是你來領養？沒有其他人了嗎？」二嬸這麼跟二叔說。

「大哥丟下的爛攤子，我也不想收啊！我們家兩個孩子栽培都不夠了，哪還有多餘的空間可以收養他們？不然這樣，小弟你們領養吧！不是只有一個女兒而已嗎？凱蒂讓你們收養，剛好兩個女兒還能一起玩扮家家酒呢！」二叔轉頭對小叔說。

「二哥，佳芸懷孕了，去醫院檢查是雙胞胎呀！我們家馬上就會多兩個孩子，怎麼還能負擔起他們三個孩子呢？唉唷。」小叔皺著眉頭看向沉默不語的禹豪。

「不能讓大嫂娘家那邊的人領養嗎？孩子又不是全是我們宋家的責任，他們是不是也該幫忙分擔一點啊？」二嬸說。

「大嫂是獨生女，聽說爸媽也很早就過世了，如果法院硬要判決，應該是我們家領養一個，你們家兩個。」小叔說。

「一個家庭一共養了四個孩子，又不是什麼農村時代了，現在經濟差成這樣，這像話嗎？而且還有一個小兒麻痺，這照顧起來不是自討苦吃嗎？大嫂也真是的，怎麼可以在大哥走之後也跟著離家出走啊？那這些孩子怎麼辦？」二嬸說。

「你們誰都不需要領養我們。」一直沉默不語的禹豪突然站起來說話，握緊的拳頭、咬緊牙關對那群大人們說：「我們不需要你們的憐憫，不需要像踢皮球一樣的決定我們的去處，如果沒辦法同時領養我們三個，那就請無視我們的存在，我們自然會努力生存下去。」

禹豪的眼神中散發出對大人們的失望，他暗自告訴自己以後長大絕對不可以成為這樣的人，對現在的他而言，大人等於「爛人」。

❀

從那時候開始，禹豪就兼顧了「爸爸」、「媽媽」、「哥哥」的三種角色。對凱蒂而言，那是世界崩盤之前拯救自己的超人、是照亮黑暗的陽光、是在自己不安的時候牽著自己的手說著「不要怕、有我在」的希望

如果不是禹豪當初的堅持，也許他們三個人現在都不會過的這麼開心快樂。沒有誰可以把他們三個人分開，因為只有三個人都在一起，才有對抗外來因素的力量、才能告訴在天上的爸爸：「我們是你的驕傲。」也才能在某一天媽媽回來之後，讓她知道自己有好好的保護著弟弟妹妹們。

走到外面跟朵依談話的禹豪依然沒有表情的看著她：「請問有什麼事情嗎？」

「我想要同時領養你們三個孩子。」拖泥帶水一向不是朵依的風格，尤其是在處理重要事情的時候。

「蛤？」禹豪不可置信的看著眼前只見過兩次面的女人所說的話。

「我知道這麼說你可能沒辦法接受，不過我有自己的苦衷，也許我上輩子做了太多壞事，所以這輩子必須來償還欠下的那些債。」

「妳有自己的苦衷所以要領養我們？是什麼苦衷讓妳這麼為難？」

「也不是為難，就只是想要幫助你們而已。」

「妳跟我們非親非故，不是我父母所認識的朋友，連親戚都把我們當作皮球被踢來踢去，為什麼妳會想要收養？而且還是一次三個孩子。」

「我哥很喜歡你，所以告訴我你的生活環境跟狀況，很剛好的，我有的是你們需要的，你們有的也是我需要的。」

「我們需要的……妳需要的……？」

「你想想，你現在這個年紀應該是盡情的揮灑青春、跟朋友一起在校園裡度過美好的青少年時期，但卻因為沒有錢而必須一肩扛起家計、不得不放棄升學；還有凱蒂，這個年紀就是要當個小孩跟好朋友們去逛街買東西、盡情的享受還能無知的時刻，但卻因為沒有錢所以放學必須立刻回家打理家務；再來說說承均，應該得到完善的醫療制度卻因為沒有錢而待在家裡，他現在正屬於治療黃金期，耽擱了你要負責他一輩子嗎？你要他一輩子都要承受跟別人不一樣的眼光嗎？這些不都是因為沒有錢所以才導致而成的結果嗎？」

朵依句句說得鏗鏘有力，讓禹豪想不到其他話來反駁她。

「所以你就答應我吧！我的財力足夠讓我同時收養你們三個孩子，不但可以讓你們一起長大，還可以提供承均需要的治療，也能讓你重新回到學校上課，你們這個年紀不是應該正是有夢最美、夢想起飛的時候嗎？」朵依看著低頭不語的禹豪，她知道他動搖了，因為就算他不考慮自己，弟弟妹妹們一向是他所有選擇的優先考慮因素。

但是這時候他們並不知道，躲在木板後面的凱蒂聽到了一切，皺起眉頭、垂下眼睫。

「讓我想想看好嗎？」禹豪心裡突然慌了，面對朵依提出的條件實在太誘人，就算自己不回學校上課，他也很難保證之後弟弟妹妹們的生活能有所改變。

朵依抓到了禹豪的心理。

「你想好就打電話給我吧！或是你直接告訴我哥，領養手續隨時都能辦理，越早決定對你們越好。」朵依遞上一張便條紙，上面寫了自己的電話號碼，然後轉身離開。

「你真的要讓那個女人收養我們嗎？」正當禹豪將便條紙緊握在手裡的時候，身後傳來自己最珍惜的女孩的聲音。

最後的禮物

第四章　不能說的事

春天，是萬物甦醒的日子、是一年四季的開始、是世界充滿生命力的源頭。但是，無論是哪一個季節，總會有一些足以改變人生的消息或故事，每天輪番上陣。

那是一棟富麗堂皇的房子，澳式建築融合一點英式風格，紅磚瓦的外面種植一棵又一棵的 Jacaranda，又名「巴西紫葳」、「紫雲木」、「非洲紫葳」。

這是朵依認識昇泰的那一年，跟著昇泰去澳洲參加救生員訓營時所看到的美景。

當時他們抵達的地方在北雪梨一個叫做 Grafton 的小鎮，十月是輕輕柔柔的春天，小鎮上舉辦了花季嘉年華，因為政府有計畫的種植與保育，所以春天來臨的時候，六千五百多棵的 Jacaranda 便開滿了一整樹，紫得淹沒了葉子的綠。

朵依就是因為看到鋪滿整地的紫葉所以不惜透過許多關係也要將那些美麗的紫樹種植在自家周圍。

❀

輕輕柔柔的春天，也是孩子們正式搬入這個美麗大宅的季節。

「歡迎你們，從今天開始我們就要一起生活了，請多多指教。」朵依帶著他們到各自的房間，並一一介紹了整個家裡的環境。

「阿姨，妳一個人住這麼大的房子，不孤單、不害怕嗎？」承均問。

「以前會，但是現在有你們陪我一起增加歡樂，這個房子就不只有裝飾功能了，這裡是你們可以遮風避雨的地方。」朵依蹲下來跟承均視線平齊的說。

「哼，假惺惺。」凱蒂不屑的將視線從他們身上移往窗外，癟著嘴不悅的說。

「宋凱蒂，我們不是講好了不可以沒禮貌？」拉了拉凱蒂的手，禹豪的臉上露出驚訝、眼中閃過不安，他很擔心朵依會因為這樣而生氣，然後就不領養他們了。

「嘖！不要拉我。不要以為那個女人這麼做我就會感謝她。」甩開哥哥的手，凱蒂雙手在胸前交叉，瞪了朵依一眼後說。

「宋凱蒂！」

「好了！好了！你們應該也有自己要整理的東西吧？先回去房間整理一下，晚餐時間再一起出去吃好吃的吧！」

眼看著兩兄妹就要吵起來，朵依連忙轉移話題，推著坐在輪椅上的承均抵達他位於一樓的房間。

「妳為什麼又這樣？昨天不是都說好了？」朵依一進房裡，禹豪就立刻拉著妹妹坐下來「對話」。

「我們是說好要一起待在同一個生活環境，沒有說好我必須給那個女人好臉色。」凱蒂依然是雙手在胸前交叉放著，不開心的說。

「阿姨領養我們，在法律上她已經是我們的媽媽了。」

「在我心裡，沒有人可以取代媽媽的地位。」

「在我心裡也是啊！我相信在承均的心裡也是一樣。但是妳能不能理智一點？就看在承均的面子上，他需要錢治療，朵依阿姨是最能幫助我們的人。」

「哥！她突然說什麼要領養我們這種狗屁話，你相信啊？我倒是覺得她不懷好意。」

「妳真是！為什麼要這麼悲觀？我會保護你們，不要擔心。」

「反正我就是覺得總有一天我們都會被她賣掉，她是覺得自己錢太多不知道怎麼花，所以才來領養我們的是不是？」

「宋凱蒂！如果妳要這麼想我也沒辦法，但是我能回學校上課、承均可以治療雙腳、妳也可以像個同齡女孩一樣，而不是每天放學都要趕回家煮飯，這些都是朵依阿姨的功勞，沒有她的幫忙，我們絕對不可能有這樣的新生活。」

「反正你就只是自私的想說自己可以回學校就好，承均還小不懂事，但我還是清醒的，我一定會緊緊看著那個女人不讓她耍花樣。」凱蒂說完便自顧自的走上樓。

❀

就這樣，孩子們的新生活開始了；朵依也因為有了他們加入自己的人生而盡情的燃燒最後的時間。

領養的手續跟過程十分嚴謹複雜，還要跟孩子們的親戚們見過面、打聲招呼，社工也必須來評估家裡的居住環境，但是朵依就像有了生活目標一樣每天都忙得很開心。

在辦理這些手續的同時，禹豪重新就學還有承均到醫院接受治療的事情都是首要優先任務。

沒有其他事情纏身的朵依，將重心從一個人的生活轉移至孩子們身上，她從來沒有學過怎麼成為一個稱職的母親，也不知道該怎麼與這些大孩子們相處，但就算如此，她還是很努力去觀察、體會孩子們的感受。

對於朵依所付出的一切都讓禹豪覺得很感謝，除了老闆大勝叔的強力保證之外，他也的確看到她為了他們三個沒有血緣的孩子四處奔波的樣子，自從父母逝世之後，他就不敢想像自己還可以當個孩子，雖然要叫她「媽媽」還需要一段時間，可是他心中的感謝已經超越千言萬語。

承均對於朵依的所作所為也覺得很開心，因為他終於可以到醫院去治療，他一直覺得自己有一天一定可以離開這討厭的輪椅，靠自己的雙腳在大地上奔跑。雖然是年紀最小的孩子、適應力卻最強，他很快就開始「朵依媽媽」、「媽咪」這樣的喊了。

朵依當然樂見其成他們的快樂，特別是承均撒嬌的樣子，他覺得這樣的孩子真是太可愛了。

不過從一開始就極度排斥的凱蒂卻是朵依最頭痛的孩子，無論她對她做了什麼，凱蒂總是一臉不屑的樣子，這讓朵依非常難過。

「鈴——鈴——鈴——」孩子們都在家的這個周末，清脆的電話聲響起。

「喂，你好。請問找誰？」離電話最近的凱蒂坐在沙發上拿起話筒說。

「你好，我這裡是家扶中心，請問巫朵依小姐在嗎？」話筒那端傳來一個溫柔的女聲。

「有什麼事嗎？」凱蒂一聽是家扶中心，突然好奇來電理由。

「是關於孩子們的生母……」

「喂？」在廚房覺得不對勁的朵依在家扶中心說出全部事情之前就從凱蒂的手中搶過話筒。

「妳好，這裡是家扶中心，請問是巫朵依小姐嗎？」

「是的。視察、診斷和評估不是都結束了嗎？請問還有什麼事嗎？」

「是關於孩子們的生母，警方來電說找到了，我們想先跟妳討論一下，請問妳方便什麼時候可以過來一趟？」

「這樣啊，今天下午吧，可以嗎？」

「好的，下午三點在診斷室見囉！謝謝。」掛上話筒，朵依看了孩子們一眼，心中浮起一股不安感。

凱蒂也是一股疑惑的眼神看著她，自己剛剛明明就聽到「生母」，所以是媽媽要回來了嗎？如果媽媽回來了，自己就可以不用住在這裡了吧！

當天下午朵依交代禹豪看著弟弟妹妹們之後，便出門去了，凱蒂知道她要去家扶中心，所以這次是笑著送她出門。

「真難得妳沒有擺臉色給阿姨看。」禹豪發現妹妹的改變之後，以為她已經漸漸適應這個家了。

「反正就要走了，好聚好散囉。」凱蒂冷笑了聲。

「走去哪？」禹豪問。

「等那個女人回來之後就知道，不要問，你會怕！」凱蒂轉身回到沙發上，繼續看著令她著迷的夏洛克福爾摩斯，已經看到最精彩要揭開犯人是誰的章節了。

這天，朵依一直到將近晚上十一點半才回來，承均已經在禹豪的哄睡之下深深睡去，禹豪也因為隔天要晨練而早早上床睡覺了。

自從他復學之後，因為健壯的體魄讓學校很多運動社團都邀請他加入呢。

「妳回來了？」隨著開門聲響起，凱蒂很是興奮，她渴望從朵依那邊聽到關於媽媽的消息，就算只有一點點也好。

「妳怎麼還沒睡？明天不是要上課嗎？」看著穿了睡衣卻還沒就寢的凱蒂，朵依先是一陣驚訝後，立即恢復鎮定。

「家扶中心找妳什麼事？是不是關於媽媽的事？怎麼樣？媽媽什麼時候回來？」看著凱蒂眼中閃閃發光的期待還有微微上揚的嘴角，朵依實在沒辦法開口告訴她今天在家扶中心聽到的消息。

「不是關於妳媽媽的事情，是一些評估的事。」隨便找了藉口搪塞，朵依繞過凱蒂走到廚房給自己到了一杯水喝。

「是嗎？不是跟媽媽有關的事情嗎？早上的電話是家扶中心打來的，說了什麼？」凱蒂跟著朵依來到廚房後問。

「不是，妳該睡了！明天還要上課吧？快去睡了！」說完便自顧自的回到房間，凱蒂看見朵依不肯透漏電話跟對話內容，只能癟了癟嘴後回房間去。

她相信朵依會有這樣的表情一定是媽媽快來接他們回去了，就算少了爸爸他們一樣可以很快樂的生活著，也許偶爾可以來探望這個照顧過他們的女人。

滿心期待的凱蒂接連幾天心情都顯現的十分愉快，對朵依的態度也沒有像之前一樣那麼差。

但是一天、兩天、三天的過去了，滿心期待生母回來的凱蒂卻遲遲等不到母親的回應。

一個禮拜、兩個禮拜過去了，正當凱蒂的耐心快被耗到極限的時候，郵差帶來讓她欣喜若狂的消息：三封署名給孩子們的信，來自美國紐約。

凱蒂拆開一看：

凱蒂小寶貝：

好久不見了，妳過得好嗎？媽媽要跟妳說對不起，因為沒有事先告知就自顧自的離開，那時候的情況緊急所以來不及道別，但是聽說妳跟哥哥弟弟們現在生活得很好，有朵依阿姨照顧你們，媽媽可以安心工作了。

媽媽的朋友在美國開公司，她要我過去幫忙，短時間之內不會回去了，希望妳可以體諒媽媽。朵依阿姨會代替我照顧你們，要好好聽她的話，等媽媽賺到錢之後就會回到你們身邊，在那之前一定要平安健康的長大喔！

愛妳的媽媽

凱蒂原本喜悅的心情在讀完這封信之後瞬間蕩到谷底。

「什麼嘛！哪有人什麼話都不說就直接離開，然後用這種方式說自己不會回來？不要我就不要我，講得那麼好聽幹嘛？」凱蒂生氣得把信撕掉，認為媽媽背叛、丟棄自己。

斗大的淚水從臉頰上滾落，被撕碎的紙灑了客廳整地，在一旁看見整件事情來龍去脈的朵依卻什麼話都不能說，只能在凱蒂回房間之後，哀傷的撿起地上的碎紙屑。

「我跟承均也收到了，媽媽的信。」禹豪推著承均從承均的房間走出來，信的內容跟凱蒂的一模一樣，但是在凱蒂身上看到的衝擊在兄弟兩人臉上卻看不見。

「我希望媽媽不要回來……」承均低頭說。

「為什麼呢？媽媽回來不好嗎？」朵依蹲下去說。

「因為媽媽如果回來了，我就要跟朵依媽咪分開了，媽媽很嚴格，我討厭媽媽……」承均說完，朵依一把抱住他。

「你可以一直都跟朵依媽咪在一起唷！一直住在這裡也沒關係。」朵依笑著摸了摸承均的頭說。

「阿姨，雖然凱蒂很生氣，但她也只是希望媽媽快點回到她身邊，希望妳不要介意。」禹豪說。

「我不會介意的，我能理解她的心情。」

「也許再多給她一點時間吧！我知道凱蒂對妳的行為雖然感謝，卻還是無法接受新的家庭，她還是希望媽媽能回來。」

「嗯！我知道，這對凱蒂來說是很重要的東西，也許是以後可以支持自己生活下去的動力，我把這些重新拼黏貼起來，你就代替我拿給她吧！我怕我拿給她，她又不收了，畢竟這是你們的媽媽寫給你們的。」拿起被凱蒂撕碎的信，朵依這麼對禹豪說。

後者點點頭，他知道凱蒂會想好好保存這封信的。而這樣的行為全被站在二樓走廊的凱蒂看在眼裡。

最後的禮物

第五章　適應與不適應

對朵依而言，跟孩子們相處的每一天都很珍貴，聽禹豪述說在校隊裡的訓練、學長姐的鼓勵還有指導老師的稱讚；看承均在醫院治療的成長與進步，從坐輪椅到拿著拐杖行走，他的小兒麻痺症一點一滴的在好轉。

但是家家有本難念的經，特別那本經又是跟青少男女有關的話，就更難處理了。

「宋凱蒂，妳到底有什麼問題？」這天，禹豪回家之後對著凱蒂劈頭就用嚴厲的口氣質問。

「什麼什麼問題？幹嘛一回家就發這麼大脾氣？」坐在沙發上滑手機的凱蒂看了哥哥一眼之後，繼續玩著手機上的糖果消消樂遊戲。

「妳的班導師是我以前的數學老師，跟我到現在其實都還有聯絡，剛剛回家路上遇到他，他跟我說妳最近上課注意力很容易分散，比平時還要聒噪多話，老師糾正妳的行為還被妳反嗆？說妳的自尊心像海綿吸水了一樣不停膨脹又變得自大。」禹豪滔滔不絕的說。

「那又怎麼樣？不要覺得你是我哥就可以管我，我連總統、皇帝、國王什麼的都不放在眼裡了，你覺得我會理你嗎？」凱蒂一邊嚼著口香糖一邊說，那個樣子就像不良少女一樣讓禹豪看傻了眼。

「宋凱蒂！」

「我要出去逛街了，待在這個家真是令人難以忍受。」瞪了禹豪一眼，凱蒂自顧自的拿起包包離開。

「給我站住，宋凱蒂！」

「碰！」凱蒂用力甩上的門就像一個巴掌用力打在禹豪臉上一樣，火熱熱的刺著他的心、他的臉。

「你們怎麼了啊？一回來就吵架？凱蒂去哪裡了？」在房間聽到兩個孩子吵架的聲音，朵依掛上電話後走到客廳問了氣沖沖的禹豪。

「阿姨，凱蒂最近有點奇怪，如果她對妳有什麼冒犯的地方，請妳多擔待。」禹豪有禮貌的說。

「我也正想跟你討論這件事，我剛剛跟凱蒂的班導師通過電話了。」朵依說。

「我剛剛在回來的路上也有遇到他，他大致上跟我說了凱蒂最近行為偏差的情況。」

「不只這樣，老師說凱蒂的情緒容易暴躁易怒，課業也一落千丈，甚至跟原本很好的朋友原因不明的翻臉了。」朵依憂心忡忡的說：「難道真的是這個家庭給她太大的壓力嗎？」

「媽咪，姊姊給我這個幹嘛？我又用不到，我是男生啊。」此時承均佇著拐杖從房間走出來，手裡提著一袋裝飾品。

「這是什麼？」朵依接過一看，都是一些沒有用處的小裝飾品，「凱蒂給你的？」朵依問。

「嗯，她說花了很多錢買，但是她不要了所以送我。」承均說。

「她最近也很常往外跑，是不是交了什麼壞朋友了？」已經消氣的禹豪擔心的說。

「我找時間跟她談談好了。」朵依看著手中那一袋沒用的裝飾品，內心浮上不安感。

「阿姨，還是我先跟她談談看吧！如果原因真的是對這個家的不適應，那妳去的話會有反效果的，凱蒂本來就不太喜歡新環境。」禹豪說。

「好吧，那就先麻煩你跟她聊聊看，我也請老師那邊幫我多注意她。」朵依勉強擠出微笑，她其實也有發現在這段時間內，凱蒂的情緒異常而且持續性的易怒。

當天晚上，禹豪在客廳等到快午夜十二點才聽到大門傳來開門的聲音。

「回來了。」禹豪簡短卻有力的語氣讓凱蒂嚇了一跳。

「你、你怎麼還沒睡？都幾點了？明天早上不是要晨練嗎？」凱蒂關上門後走到禹豪旁邊的沙發上坐下，身邊多了好幾個購物紙袋。

「妳也知道很晚了，為什麼現在才回來？」禹豪問。

「逛街逛太開心了。」凱蒂不打算說謊，畢竟對方可是自己曾經信任的哥哥。

「跟誰？」瞄了一眼那些紙帶，禹豪忍住快要發作的脾氣，在心裡嘆了一口氣後問。

「我自己一個人。」靠在沙發上的凱蒂雙手在胸前交叉，面無表情的回答。

「凱蒂，如果妳不想跟我還有承均分開，妳就乖乖的不要惹麻煩，不然到時候家扶中心調查發現朵依阿姨沒辦法養育妳的話，妳會被送去其他家庭的。」禹豪說。

「她本來就沒辦法養我，又不是我媽。我很累要去睡了，哥你也快去睡吧。」凱蒂轉身走上二樓。

禹豪將凱蒂沒拿上房間的紙袋打開一看，又是那些沒有用的小裝飾品，「到底買這些要幹嘛？」喃喃自語的禹豪心裡只祈禱著妹妹可以快點適應新環境。

❀

接下來幾天凱蒂的表情越來越憔悴，連著好幾天她房間的燈都是從晚上開到早上，個性也越來越孤僻，幾乎都是獨來獨往。

「凱蒂，我煮了紅豆湯，要不要喝？」這天，朵依算好凱蒂下課後回家的時間，將冰涼的紅豆湯盛好放在餐桌上。

凱蒂沉默不語，看了一眼之後連聲都沒吭就走上樓，黑眼圈已經快被拉到膝蓋了。

「好吧，也許妳想休息，多休息也好。」安慰自己的朵依默默的把紅豆湯收回冰箱裡。

當天晚上，凱蒂並沒有下樓吃晚餐，不論禹豪敲了多少次門、喊了多少次，她始終沒有回應。

「阿姨，我們吃吧！不要理她，一定又在耍大小姐脾氣了。」禹毫無奈的拿起碗筷對著朵依說。

「別這樣，兄妹之間要友愛一點，我去叫她吧。」朵依脫下圍裙後走上二樓，來到凱蒂的房間前面。

「凱蒂！凱蒂！吃飯囉，要不要下來喝點湯？我煮了妳最愛喝的玉米濃湯喔！」敲了幾聲門之後，朵依靜靜的等待凱蒂的回應。

但是回應的不是凱蒂，是足以讓人窒息的沉默。

「凱蒂？妳在房間裡嗎？」再次敲了門，朵依問。

「吵死了！」打開房門，凱蒂一臉怒氣的看著朵依。

「喔，我想說妳是不是不舒服，想問妳要不要下來喝——」

「喝個屁喔？妳不知道我這幾天睡不好嗎？補個眠而已一直吵吵吵，是在吵什麼啦？」眉頭已經皺到可以擰出水的凱蒂不開心的說。

「對不起喔，吵到妳休息，可是空腹對身體不好，妳要不要……」

「碰！」凱蒂不等朵依說完，臉上帶著不耐煩的表情和眼神瞪了她一眼之後，重重的甩上門。

如同被打了一巴掌般，朵依抿了抿嘴，自顧自的走下樓。

「阿姨，妳先暫時不要理她吧，青春期的少女可能多少想要有點自己的空間，妳多管她，她並不會比較感謝妳。」禹豪說完夾了一口菠菜放進嘴裡。

「姊姊最近變得很奇怪，會對我很兇。」承均趁機打小報告說。

「姊姊最近應該是有什麼心事跟煩惱，我們是男生，多讓著女生一點吧。」禹豪安慰弟弟說。

一直很不安的朵依果然在當天深夜就印證了內心的不安。

這麼大的房子裡，一樓除了是客廳、廚房、承均的房間之外，還有朵依的房間，裡面有一套衛浴。

二樓就是凱蒂的房間、禹豪的房間、朵依的書房，還有獨立出來的衛浴。

兩間衛浴的隔音設備並不算太好，這天晚上，朵依雖然睡在房裡，但是從廁所傳來的嘔吐聲一直讓她很在意。

起身走往二樓的廁所，她發現凱蒂抱著馬桶狂吐，這下子還沒清醒過來的精神全都回來了。

「凱蒂、凱蒂、妳還好吧？」跑到凱蒂旁邊拍著她的背，朵依著急的說。

「我……看起來……呵……像是……還……還好的……狀……態……嗎……嗯……」凱蒂邊說邊吐，臉色看起來很是蒼白，而且沒有吃晚餐的原因，吐出來的已經不是穢物，而是膽汁了。

「不行了，我帶妳去醫院。」朵依見狀連忙扶起凱蒂，為了不吵醒禹豪跟承均，她匆忙的留了張紙條在餐桌上後便開著車往醫院去。

經過醫生診斷之後，凱蒂一邊吊著點滴一邊昏昏睡去，醫生說初步判斷是心理因素導致身體出了些狀況，需要家人好好陪伴，也順便開了一些藥劑讓朵依帶回去，按照三餐睡前一天四次讓凱蒂服用。

住了一個晚上的院之後，凱蒂在隔天早上醒過來，看見朵依趴在病床旁睡著的樣子，她的心情突然變得很複雜，好像在朵依身上看見媽媽的影子，那麼清晰卻又那麼模糊；那麼觸手可及卻又好像遠在天邊。她的眼前開始慢慢變得模糊，喉嚨就像吃了吞不下去的東西一樣，哽噎著。

不願意讓別人看見自己淚水的凱蒂轉過身再度閉上眼睛，「如果可以逃離這個世界就好了。」她在心裡默默的這麼想著，閉上眼睛，她好想去另一個由自己打造出來的世界裡，躲著、藏著、沒有人可以找到她，直到媽媽回來為止。

下午的時候朵依辦理了出院手續，也跟學校請了幾天的假，她告訴自己就算走不進凱蒂的心也要好好照顧她，因為在她眼裡，凱蒂是一個需要很多關懷、很多愛的女孩，就像當年失去父母的她一樣。

之後陸續幾天，凱蒂的狀況雖然吃了藥但是並沒有好轉，反而是會莫名其妙的上吐下瀉、時常感到噁心想吐，朵依為此常常帶著她跑醫院，也常熬夜在她身邊照顧她。

醫生發現凱蒂生活上沒有什麼特別的事情導致抵抗力下降，卻總是沒來由的想吐，檢查之後也沒發現異常，只能建議朵依帶著凱蒂去做心理治療看看。

凱蒂思念媽媽的心情越來越重，整天期待著媽媽從美國寄來的信，吃得很少、也不太走出房間跟兄弟們互動，學校同學打電話來關心她也全部不接，如同跟世界隔絕一樣。

禹豪跟承均輪流跟凱蒂說話、聊天，但是她的臉上卻失去了笑容，對任何事情都提不起勁，空洞的眼神就像沒了靈魂一樣。

看著凱蒂日漸消瘦的身影，朵依卻一點辦法也沒有，甚至還會懷疑自己當初是不是不應該收養他們。

「姊姊是不是人格分裂了？」某天承均跟凱蒂聊完天之後對禹豪這麼說。

「什麼人格分裂？」禹豪問。

「我最近在看的漫畫，說人格分裂會變成跟姊姊一樣，有時候開心、有時候焦慮、有時候就像現在這樣不說話。」承均說。

「不要亂講，姊姊只是很想念媽媽，如果媽媽回來的話，她就會好了。」禹豪安慰弟弟說。

「媽媽會回來嗎？」承均問。

「不知道，會吧。」禹豪輕輕的回應。

「我不希望媽媽回來，她對我很兇，我比較喜歡朵依媽咪。」承均說。

「媽媽如果要回來還要很長的時間，你不用擔心，倒是你為什麼討厭媽媽？」禹豪問。

「因為以前媽媽都會說我是拖油瓶，她說我如果沒有生病的話，爸爸就不會這麼辛苦要賺錢讓我去治病了，我覺得媽媽討厭我。」承均嘟起嘴說。

「媽媽是跟你開玩笑的，不要放在心上，你是大家的寶貝，沒有人會覺得你是累贅。」不捨的一把抱過弟弟，禹豪不敢相信媽媽會說出這種話，但回想起爸爸過世之後、媽媽離家出走之前的那段時間，媽媽的情緒的確變得很不穩定，對弟弟妹妹也是動輒打罵，那段時間的媽媽真的很可怕、很陌生，就像現在的凱蒂一樣。

禹豪甩甩頭不敢再繼續往下想，他不能讓凱蒂變成媽媽那樣。

❀

這天朵依在廚房做菜，凱蒂默默的走進朵依的書房裡，她想找些書來看以轉移自己的注意力，不然再繼續這麼下去，她會思念媽媽到瘋掉。

此時沒有關緊的抽屜吸引了凱蒂的目光，就像藏寶箱發出光芒一樣在引誘著凱蒂去一探究竟。

輕輕的拉開抽屜，裡面有一大張沒有信封的信紙，整齊的擺放在裡面，凱蒂拿起來一看，越讀越驚訝、越讀眼前越模糊，斗大的淚水滴落在信紙上，由水性原子筆寫出來的字被淚水暈開，凱蒂趴在桌上哭了起來。

親愛的寶貝們——禹豪、凱蒂、承均：

在台灣過得好嗎？媽媽在美國一切都很好，我很想念你們，希望可以快點見到你們可愛的樣子，這段時間不見應該都長大不少了吧？聽說禹豪參加學校校隊了，媽媽真是替你感到驕傲。還有承均的小兒麻痺症也有改善對不對？很棒喔！要繼續加油。

然後凱蒂妳最近的身體是不是不太好啊？這樣會讓媽媽擔心的，要好好吃藥、好好休息、好好照顧自己才不會讓媽媽擔心呀！妳是個懂事的孩子，要注意身體健康。

也許你們常常會想：再忍耐一段時間媽媽就回到你們身邊了、再等一段時間就能見到媽媽了，但是媽媽想告訴你們，有些時候、有些事情的確需要忍耐跟等待，但同時也要放開心胸去生活，如果媽媽因為工作沒辦法回去，你們可以努力讀書，將來賺錢後來美國找我呀！你們永遠都是媽媽最愛的寶貝唷！那麼就先這樣啦，我會再寫信給你們的。

愛你們的媽媽

「居然藏起媽媽寄來的信，還把信封拆掉偷讀過了，這個女人真是令人討厭！令人感到噁心！」緊緊抓著信封，被憤怒掩蓋過理智的凱蒂眼神露出滿滿的血絲與厭惡，但是她並沒有發現信上所寫的日期是今天，而且信紙也沒有被折過的痕跡。

第六章　兄弟的成長

「阿姨、阿姨。」這天禹豪一進家門就著急的喊著朵依。

「怎麼了?怎麼了?」用圍裙擦了擦雙手，朵依正在廚房準備晚餐。為了給孩子們補身體，她早上特地去市場買了新鮮的烏骨雞和海鮮，打算煮海鮮粥和雞湯。

「阿姨，我們三個月之後有全國高中組的短距離鐵人三項比賽，教練這段時間嚴格訓練我們的目的就是希望我們好好爭取進入決賽。」禹豪開心的把書包放在沙發上，並拿出一張通知單給朵依。

「這是?」

「家長同意書。因為開始要加長訓練，可能會練習到很晚，假日也需要去熱身、測量、紀錄，甚至有時候還會需要借用正課的時間，所以教練說要家長同意才可以。」

「是很辛苦的訓練嗎?」

「畢竟是要爭取國際比賽，我們隊已經通過北區預賽，接下來跟中區、南區、東區比完之後選出優勝組就可以了。」

「這樣啊，很辛苦吧？」朵依瀏覽著通知單說。

「辛苦是一定的啦！但是有辛苦才會有收穫，不管收穫或大或小，反正都是替自己的人生增加一點精彩度。而且我也很喜歡這些運動，做自己喜歡的事情，即使遇到挫折也比其他事情更能克服吧。」禹豪的眼神閃爍著熱情，自信滿滿的說。

「那短距離鐵人三項有什麼內容嗎？」

「嗯，零點七五公里的游泳、二十公里的腳踏車，還有五公里的馬拉松。」

「你一個人要跑這三項呀？」

「基本上預賽跟決賽都是採團隊接力合作，但是順序是抽籤的，不知道自己比賽當天會被分配到哪個部分，所以我們三個部分都要練習。」

「那你這樣會不會太吃力啊？阿姨很擔心你體力會吃不消耶！」

「不會啦！在比賽之前我們都要做足心肺呼吸訓練，就是確保肺活量不斷提升，而且教練也說我很有天分，再多練習一定可以贏得冠軍。」

「那贏得冠軍之後呢？」

「奪冠之後就會跟整個亞太地區做競賽，到時候就真的是一個人要跑完這三項了。」

「感覺會是很嚴格又很辛苦的過程，你確定你真的可以撐下去嗎？」

「我確定只要按照教練的指導步驟，一定可以撐下去，雖然參加亞太地區的短距離鐵人三項不是一件簡單的事，成功與失敗的可能性也是一半一半，但我還是想去試試看。」

「你想做的事情阿姨當然會全力支持，只是我要跟你約法三章。」

拿出另外一張白紙，朵依在簽名之前先在紙上洋洋灑灑寫了三條「契約」。

「約法三章？」禹豪不解的看著朵依寫下的那些字句。

「第一，受傷的話，絕對不要勉強自己再練習，安全為上：我知道你是個事事都想要做到完美的人，你的個性也是會挑戰自己極限的人，但是練習的時候受傷在所難免，雖然我相信你會盡力保護自己，但如果真的受傷了，就不要逞強，健康比什麼都重要，知道嗎？」朵依一邊寫一邊念。

「好，我答應妳會好好保護自己，而且如果受了大傷，醫生判斷要長時間休息的話，我絕對不勉強自己繼續訓練。」禹豪一口氣答應了第一個條約。

「第二，不輕言說放棄，堅持到最後一刻：練習期間辛苦是一定的，但是這是你自己選擇的路，你可以喊苦、可以叫累，可以短暫讓自己放鬆休息，就是不可以放棄你給自己訂下的目標，我希望你對自己的行為一肩扛下責任。」

「沒問題，男子漢敢做敢當，沒有半途而廢的道理，無論多艱難，我一定會撐下去。」

「最後，盡最大的本事去努力，然後做好輸的打算。」朵依寫完最後一個條約之後放下筆，看著眼前疑惑的禹豪不發一語。

「阿姨，妳覺得我會輸嗎？」不解的禹豪幾分鐘之前還以為朵依是真正支持自己去實現成為運動員的夢想，沒想到這麼快就看衰自己，覺得自己會輸，禹豪心中難免有點不快。

「不是覺得你會輸，我要你盡最大的本事去努力就表示不會讓你愧對自己、隊友還有苦心訓練大家的教練，但是勝敗乃兵家常事，運動場上不可能有永遠的贏家或輸家，也許你這次贏了，但是下次會遇到什麼樣的對手，你絕對不可能預料得到，所以要你做好輸的打算，盡人事、聽天命，有時候運氣也是一種實力。」

「嗯，但我還是能夠積極的去爭取勝利，對吧？」

「這是當然的呀！勝利的味道嚐起來固然甜美，但我們也能從失敗中學到更多，我希望你能成為一個輸得起的運動員。」

「我知道了阿姨，謝謝妳！我會用心去練習的。」聽完朵依的說法之後，禹豪的內心暖暖的，他從朵依的話裡學到很多道理、知識還有心態的調整，對於眼前這個像是媽媽一般存在的女人，禹豪深深的感到幸福、幸運又開心，也默默得在心裡浮起了一個念頭：如果親生媽媽不要回來就好了。

從約法三章的隔天開始，禹豪每天都很努力的練習，甚至有時候很晚才回家，朵依看著孩子朝著自己的夢想一直努力的練習、拼了命想要實現的樣子，也被深深的感動。

雖然常常在客廳等禹豪等到睡著，但是在孩子回家之後還能替他端上一碗熱騰騰的雞湯或是替他煮碗麵，對朵依來說都是從來沒有經歷過卻讓她感到十分幸福的事情。

第六章　兄弟的成長

❀

時間就這樣慢慢的過了兩個星期，這天她一回到家看到禹豪跟承均坐在客廳的沙發上不知道在聊什麼，承均的臉看起來很苦惱。

「怎麼啦?發生什麼事了嗎?禹豪你今天不用練習嗎?」一邊將外套掛在衣架上，朵依一邊說。

「今天教練讓大家休息一天，怕連著兩個禮拜的訓練對身體會造成負擔，叫我們今天要好好吃飯、好好休息，明天開始會有更嚴格的訓練。」禹豪說。

「這樣啊，那我今天晚上多煮一點你喜歡吃的菜，承均呢?今天有沒有想吃什麼呀?」朵依一邊走進廚房打開冰箱一邊問。

但是回答的並不是承均開朗的聲音，反而是兩兄弟悉悉窣窣的聲音引起了朵依的關心。

「你去跟阿姨說啦，她人這麼好，一定會答應你的。」

「可是我不敢啦，哥哥你去幫我說好不好?」

「這是你自己的事情，你要學著自己去解決啊!我當初也是直接把練習通知單拿給阿姨看，阿姨也沒阻止我去參加練習，你自己去講啦！」

「可是我跟你的不一樣啊。」

「反正你講就對了，不要支支吾吾的，彆扭死了。」

「你們兩個在討論什麼嗎？是不是有什麼事情要問我呢？」給自己倒一杯水後，走到客廳面對兄弟兩人坐下來，朵依笑著問。

「阿姨，承均有話要跟妳說。」先替弟弟開了頭，禹豪朝右邊挪了一下。

「說吧！什麼事呢？」朵依溫柔的問。

「嗯……就是……」支支吾吾的承均看了禹豪一眼，後者立刻將視線疑開，接著承均又悄悄的往朵依的方向看去，就在對到眼的那瞬間，承均的臉頰感到一陣炙熱。

「有什麼事情就說吧，沒關係，不要支支吾吾的。」朵依依然耐心的等著。

「我想要爭取學校新開設的音樂資優班，如果表現良好還可以直推私立音樂學院國中部，然後接著高中部、大學部，當然前提就是要表現優異。」

「很好啊！這種想法很棒啊！為什麼不敢說呢？」

「咦？同意了嗎？」承均不敢相信自己的耳朵。

「為什麼要反對呢？學音樂的孩子不會變壞，你只要好好認真的學，一定可以越來越進步的呀！」

「可是要買樂器……而且因為我起步的比較慢，所以可能還需要花錢去參加課後輔導。」

「阿姨想先問你一個問題：你為什麼這麼想進音樂資優班呢？對音樂有興趣嗎？」

「嗯，我對音樂有很大的興趣，但是以前媽媽都會叫我要認真讀書、不可以玩音樂。」

「玩音樂有什麼問題？你想學什麼樂器我通通買給你，要參加課後輔導也去，但是你跟禹豪一樣都要跟我約法三章才可以。」

「約法三章？是類似成績不可以往下掉的那種嗎？」

「呵呵呵，類似但不完全一樣，你只有遵守這三個條約，我才會答應讓你去爭取音樂資優班的資格。」

「雖然不知道做不做得到，但我會努力的。」

「好！第一，保持初衷，不接受半途而廢：學音樂是一條很長的路，這當中一定也會遇到挫折，即便你再怎麼有天分，也一定會碰到困難，所以我希望你既然選擇了就要堅持到底，不管多辛苦都要盡自己最大的努力去做。」

「沒問題，我知道自己的起跑點跟別人不一樣，天生條件也不比別人好，所以只有努力才是我選擇玩音樂的唯一路徑。」

「有這樣的決心很好！接下來第二，每天都要至少一個小時的時間練習：樂器這種東西，如果不練習就會生疏，即便你再怎麼聰明，課堂上聽一聽就會，但是少了練習的話，實力依然會不足，我希望花錢讓你去做自己喜歡的事情是要從你身上看到努力的樣子，而不是只有嘴上說說、紙上談兵。」

「好！這是很難得的機會，我一定會每天努力練習的！」

「前期通常都會練得很勤勞，等到你遇到挫折的時候就會開始慢慢的忽略練習，所以最後一個約定就是：遇到困難不要一個人放在心裡。」

「可是就算承均說出來，我們也沒辦法幫他解決不是嗎？畢竟我們都是門外漢。」禹豪說。

「沒錯，我們的確是門外漢，但是我們可以尋求專家的協助，承均的個性本來就是在熟人面前才是活潑外向的，面對陌生人或是沒見過幾次面的人都會很害羞，未來能不能遇到良師要靠運氣，但是能不能解決遇到的困難，是身為家人的我們可以一起面對的。」

「阿姨，沒有成績的限定嗎？」承均試探的問。

「成績？英文、國語、數學、自然、社會那些嗎？」

「嗯，以前媽媽都會規定我要考到幾分以上才可以讓我跟同學一起去音樂教室。」

「這個嘛，成績的確很重要，但是更重要的是你對自己人生負責的態度，就像禹豪說過的話：『做自己喜歡的事情會比較輕鬆，遇到困難也會有比較大的動力去解決。』我相信你是真心喜歡音樂，所以只要專注在自己想做的事情上面，我會全力支持你的。」

「哇！謝謝朵依媽咪，我會認真的！一定會很認真！」承均開心的說。

於是在朵依的鼓勵下，承均開始學習各種樂器，他發現自己很喜歡彈鋼琴和打爵士鼓，但是因為小兒麻痺症的關係，要在節拍上踩到鋼琴的踏板還有敲打低音鼓都是一個很大的挑戰，不過承均卻每天都樂在其中。

朵依也從音樂教室的老師口中得知承均在音樂上表現出的天賦的樣子讓老師都覺得驚訝，加上短短兩個禮拜的時間，承均就把所有基礎的符號、音調都記得滾瓜爛熟，甚至還表現出絕對音域的天分，這讓朵依更堅定自己要好好培養這個孩子的決心。

兄弟兩人找到生活的目標與重心之後，天天都過的很精彩、很開心，禹豪每天都很努力的練習鐵人三項，而承均也沒有讓朵依失望，每隔一段時間就會出現新的進步。

這一個月所發生的生活變化雖然讓兄弟兩人感到充實開心，卻讓凱蒂覺得自己與這個家格格不入。

「這個女人真的很厲害，先是搶走疼我的哥哥，然後又搶走我最疼愛的弟弟，把他們兩個拉攏成為自己那個陣線的人，連媽媽都替她說話，真的很厲害、真的很討厭！最討厭這種把我孤立起來的人了。」手上握著早上在信箱裡收到的媽媽的來信，凱蒂對於朵依的厭惡又更深了。

親愛的寶貝們——禹豪、凱蒂、承均：

你們最近都好嗎？我聽朵依阿姨說了最近禹豪正在為了全國的比賽而努力中，當運動員成為你的夢想了嗎？感覺你會成為一個很棒的運動選手呢！練習很辛苦吧？要好好照顧自己的身體唷！還有親愛的承均小寶貝，朵依阿姨跟我說了你的音樂天分，如果成為音樂人是你的夢想，那媽媽很支持你唷！以後能不能寫一首歌送給媽媽呢？過程很辛苦但我相信你一定可以克服的。最後給我最愛的女兒，也許妳還沒有找到自己的夢想，但是人都是這樣慢慢長大的唷，雖然不知道妳未來會從事什麼樣的職業，但是一定會成為很棒的人，加油！然後別忘了要謝謝一直陪著妳的朵依阿姨，乖乖聽話，有什麼事情可以跟朵依阿姨說唷！

愛你們的媽媽

最後的禮物

第七章 躁鬱症

不知道是為了引起哥哥跟弟弟的注意力，還是真的討厭待在家裡，凱蒂回家的時間越來越晚、出現脫軌的行為也越來越嚴重。

這天傍晚，朵依才剛把承均從音樂教室接回家，彷彿算準時間一樣，兩人才一進家門，客廳立刻響起一陣陣尖銳的電話鈴聲。

「喂，請問找誰？」先一把接過電話的承均有禮貌的打了招呼。

「你好，我是凱蒂的級任導師，請問凱蒂的監護人在嗎？」電話那頭傳來一陣女聲，聽起來年紀應該跟朵依差不多大。

「請稍等一下。」將話筒拿在手裡，承均朝著玄關喊了聲：「朵依媽咪，姊姊的級任導師找妳。」

「喂，老師妳好！」接過電話的朵依用手指示承均先去洗澡，接著跟凱蒂的老師聊了起來。

「妳好，不好意思這個時間打電話打擾妳，凱蒂最近有些狀況想說要跟媽媽討論一下。」

「好的，老師妳請說。」坐在電話旁邊，朵依仔細的聽著話筒裡老師傳達的訊息。

「據我所知，凱蒂和兄弟三人都是被領養的，這段期間凱蒂在家裡有沒有出現什麼奇怪的舉動呢？」

「其實凱蒂一直很沒辦法適應新的環境，凱蒂的哥哥和弟弟在適應這方面都沒有問題，學習成效也一如往常，甚至更好，就是凱蒂一直出現排斥的症狀，身體感覺也比之前還要虛弱。」

「那這樣的情形有跟社工反應過嗎？」

「有是有，但是社工們過來評估之後只說是因為缺乏關愛加上青少年時期產生叛逆心態所導致的，說是要讓我們好好陪著凱蒂就可以減緩症狀，但是凱蒂時常無視我給她的關心。」

「嗯，凱蒂最近在學校也產生一些以前沒有的行為，例如她的情緒起伏很大，時常上一秒笑得很開心，下一秒卻趴在桌上大哭，同學去關心她的時候卻又突然變得很暴躁易怒。」老師淘淘不絕的說著凱蒂這段期間在學校發生的狀況。

「她的情緒在家裡也是常常這樣起伏不定，我也很擔心這樣下去她會不會生病。」原本就跟凱蒂不算親近的朵依聽了老師的描述之後，內心更是煎熬。

「其實凱蒂出現的症狀不只有情緒上的問題，她原本是個很熱愛學習的女孩子，但是最近開始會跟老師、主任們頂嘴，甚至還常常跟同學們說『全世界我最大，沒有人管得了我』這種話，而且翹課的次數也明顯提高了。」

「翹課？那凱蒂不在學校會去哪裡呢？」

「跟據我們調查發現，她幾乎都是去一些小飾品販賣店，而且好像從家長那邊收到很多零用錢，花錢如流水的樣子還是我們第一次看見。」

「怎麼這麼嚴重，感覺都是因我而起……自從收養他們之後，凱蒂就產生很大的排斥感。」

「凱蒂媽媽妳先不要自責，如果不是妳收養他們三個孩子，也許情況會往更糟的方向發生，所以現在最重要的就是先安定凱蒂的情緒。」

「在家裡我常常想要找她說話，但她一回到家就是把自己關在房間裡，之前還會一起吃早餐和晚餐，現在都是很早就出門，然後很晚才回家，為了不讓她餓肚子，我塞了很多錢在她的包包裡，想說她如果餓了可以自己去買東西吃，沒想到……」朵依自責的皺緊眉頭，握著話筒的手也出了汗。

「學校這邊也會幫忙輔佐凱蒂的心理，家裡方面還是需要媽媽跟兄弟姊妹們的幫忙，如果可以的話，請減少給她的零用錢。」老師語重心長的接著說，「萬一事情朝著最嚴重的方向發展的話，我們就有必要送凱蒂到醫院去接受治療，當然這是最嚴重的情況。」

「老師，請問有看出什麼症狀嗎？怎麼會嚴重到要送醫院治療呢？」

「我和學校的心理輔導老師討論過凱蒂的症狀，情緒起伏大、經常頂嘴還覺得全世界自己最大、經常往外跑、花錢如流水而且都是買很多沒有用的東西，我們初步判斷也許凱蒂有輕微的躁鬱症，或是憂鬱症。」

「怎麼會……一個好好的孩子怎麼送到我手上之後就得了這些心理疾病呢……」

「凱蒂媽媽，這些都是我們初步判斷，但結果還是要交給專業的醫生來診斷，我們先從家庭跟學校開始多去關心她，即便是被冷落、被冷眼相待也不要氣餒，希望她的情況不至於到要去醫院。」

「好的，我知道了，老師謝謝妳唷！」

❀

掛上電話，朵依一個人坐在客廳沉思好久，她從第一眼見到凱蒂的那個瞬間一直回想到今天早上目送她出門的樣子，雖然才短短的一段時間，但她也感覺到凱蒂變得不一樣了。

雖然一開始就對自己有敵意，但至少兩人並沒有針鋒相對的狀況，凱蒂每個月最期待收到的媽媽的信也都按時送來，到底是哪個環節出錯了呢？

讓承均吃了晚餐並哄他睡著之後，朵依依然陷入沉思中，時間不知不覺到了晚上十一點，特訓完的禹豪大汗淋漓的回到家：「阿姨，我回來了！」

「啊！你回來啦，天啊，時間都這麼晚了，會不會餓？阿姨去幫你熱個湯，要不要吃麵？」打起精神的朵依立刻起身走向廚房。

「阿姨沒關係啦，我今天晚上跟教練還有同學們一起在外面吃了烤肉，現在沒什麼胃口。」

「這樣啊，那你快去洗澡準備睡覺吧！明天還有訓練不是嗎？快去休息吧！」

「阿姨，妳的臉色怎麼那麼蒼白，哪裡不舒服嗎？」發現異狀的禹豪問。

「沒、沒什麼事啦！」摸了下自己的臉，勉強擠出笑容的朵依讓禹豪別擔心自己。

「喀嚓。」就在兩人說話的同時，玄關的大門被轉開了。

明顯被改短的裙子、嘴裡嚼著口香糖、書包上吊著各式各樣的裝飾品「叮叮咚咚」的隨著女孩的步伐響著，最讓朵依跟禹豪感到驚訝的是那頭從頭頂開始染上藍色、紫色最後髮尾變成紅色的頭髮。

「你、你們怎麼還沒睡？」看到禹豪和朵依驚訝的神情，凱蒂的心突然漏跳了一拍。

「宋凱蒂，妳現在才回來？」不敢相信眼前有這種造型的人是自己的妹妹，禹豪不可思議的看著她。

「喔，對、對啊！跟朋友在外面玩太晚……」

「妳頭髮怎麼回事？什麼時候染的？」

「今天下午啊！我朋友認識的設計師，算我超便宜的耶！聽說是外國最流行的星空漸層染喔！」

「妳一個國中生，跟人家學染什麼頭髮？」

「呿，學校老師都不管我了，你憑什麼管我？」

「妳信不信今天染成這樣，明天就被抓去訓導處了？」

「呿，被抓去訓導處又怎樣，了不起就是被訓一頓，然後叫你寫悔過書，再不然就打電話給家長。」凱蒂說到這裡還偷偷瞥了朵依一眼，後者的眼裡充滿了悲傷與自責。

「妳真是越來越無法無天了耶！我訓練時間就已經夠晚才能回到家了，妳居然還比我更晚？妳知不知道一個女生這麼晚了在外面亂晃很危險？」禹豪的情緒開始慢慢失控。

「有朋友陪著，有什麼危險？笨蛋才會讓自己有危險。」嚼著口香糖，凱蒂一副不屑的說。

「朋友？什麼樣的朋友會陪著妳到三更半夜不回家？狐群狗黨嘛！」

「至少他們知道我想要什麼。」

「那妳說，妳想要什麼？」

「我……反正我想要的你們給不了啦！」

「這麼喜歡妳朋友，妳怎麼不乾脆滾出去？去住妳朋友家啊！看看妳朋友的爸媽會不會給妳錢花、會不會照顧妳生活起居啊！」提高音量，禹豪的情緒完全爆炸了。

「你以為我想待在這個鬼地方嗎？要不是因為你跟承……」倔強的凱蒂頓時火氣也跟著上來。

「不想待在這裡妳就滾，我沒有妳這種不懂得尊重自己、尊重別人的妹妹。」

「好了好了，你們都不要吵了……」看著凱蒂的眼眶已經含著淚水的朵依急忙出來勸架。

「妳這女人給我閉嘴，這裡哪裡有妳講話的餘地跟空間？」連看都不看朵依的凱蒂立刻惡言相向。

「妳這是什麼態度？給我道歉。」禹豪板著臉說。

「我為什麼要道歉？」

「做錯事了還不承認？誰供妳吃、供妳住、供妳睡、還供妳零用錢？以前媽媽會這麼對妳嗎？」

「不要拿媽媽跟那個女人比！」凱蒂突然放大音量。

「什麼那個女人？妳講話給我小心一點、放尊重一點喔！」

「我就偏不要，憑什麼是那個女人領養我們？媽媽呢？我們沒有媽媽嗎？還有妳知不知道那個女人把媽媽給我們的信藏起來？還有那個女……」

「啪！」禹豪的一巴掌瞬間降低了客廳的氣氛，冰冷的眼神、沒有表情的臉看著眼前含著淚的妹妹。

「給我道歉，誰准妳『這個女人、那個女人』這樣叫朵依阿姨了？」禹豪的話中沒有溫度。

咬緊牙關，沉默不語，不讓眼淚流出來的凱蒂只是狠狠的看著朵依，一句話也不說。

「我們的爸爸媽媽是這樣教妳的嗎？教妳可以目中無人、教妳可以不聽話，是嗎？」

「我就算跟全世界下跪，我也絕對不會跟那個女人說一句對不起。」摸著發燙的臉頰，凱蒂在淚水滑落之前，轉身上樓。

「禹豪啊……」

「朵依阿姨，很抱歉凱蒂出現這種脫序行為，妳就別理她了，讓她自己好好反省吧。」

「禹豪啊……」

「阿姨我先去休息了，最近我會找時間跟凱蒂聊一下，今晚我先替她跟妳道歉。」禹豪彷彿也被自己剛剛動手打妹妹的舉動給嚇到了，不給朵依說話的機會，自己說完就轉身上樓，留下百感交集的朵依獨自在客廳嘆氣。

❀

獨自待在房間的凱蒂越想越生氣，她拿起手機打電話給自己的好朋友。

「喂？凱蒂嗎？這時間怎麼還沒睡啊？到家了吧？」

「喔！到家了，但是剛剛跟我哥吵架。」

「為什麼？因為妳的頭髮嗎？唉唷男生都不懂啦！這是最新流行的髮色，超多女明星都跟進欸，不要被妳哥打擊，妳這樣超正！」

「煩死了！怎麼一回到家就這麼煩啊。」躺在床上的凱蒂覺得自己心神不寧。

「妳還好吧？不要被影響啊！」電話那頭傳來朋友的聲音。

「喔，就是覺得很煩啊，跟誰都不想說話、也不想關心發生在我身邊的事情，去人多的地方會覺得很煩、進到狹窄的空間也很煩。」

「唉唷，明天我們一起去火車站附近新開的法國甜點店吃甜點消氣啦！那間超有名的，而且聽說服務生很帥欸。」

「嗯。」

「凱蒂，我要準備睡覺了，不然等一下我媽發現我又再講電話我就完蛋了，我們明天學校見囉！」

掛上電話，凱蒂絲毫不覺得打給朋友對自己有什麼幫助。

「咕，明明就說有事情可以跟她講的，現在急著掛電話，是要跟我炫耀妳有媽媽我沒有嗎?靠!」轉身把手機丟在床下，不知道為什麼凱蒂的心就像坐大怒神一樣忽上忽下。

「哭個屁喔!幹嘛哭啦!」凱蒂突然覺得心裡一陣難過，一股悲傷的情緒從喉嚨開始往上直到鼻頭。

「哇!」的一聲，凱蒂抱著枕頭在床上放聲大哭。

「為什麼我覺得我的人生一點希望都沒有?爸爸不在、媽媽也不在，哥哥跟承均都有自己的目標。我根本就是個廢人嘛……多活在世界上一秒鐘就是多浪費的世界的空氣，我……」凱蒂的腦中突然湧入了很多悲觀的想法跟心情。

「靠腰咧!我去你的，憑什麼這樣對我?所有人都一樣，學校也是、老師也是、說什麼好朋友也都一樣，沒有一個值得信任!」就在瞬間，凱蒂感覺到一股怒氣從丹田開始往上延伸到心臟，接著就如同核爆彈一樣在腦中炸開了。

凱蒂默默的從鉛筆盒中拿出一把美工刀，那是今天經過文具店的時候新買的，刀鋒很銳利，接著她開始往書桌上割去。

「我去你的!去死吧!全部都一樣!呵呵呵……你們以為我會傷害自己嗎?

你們錯了，我才不會白癡到傷害自己咧，反正我的人生被你們弄得沒有希望了，反正我的生活就是日復一日重覆而無所遁逃的困境，你們全部去死吧！」又是一瞬間的變化，凱蒂的臉上帶著淚痕、眼中充滿怒氣、表情十分猙獰，跟朵依剛開始見到的那個小女孩已經完全是兩個人了。

第八章
醫院

「姊姊，我要跟妳借六年級的歷史筆記。」星期六是孩子們最愛的假期，不需要去學校上課、隔天也是休假日，不過因為段考要到了，承均站在凱蒂的房門外敲了敲門說道。

但是回應他的只有一片寂靜。

叩叩叩！「姊！」提高音量的承均再次敲了凱蒂的房門。

但是回應的依然只有寂靜。

「我要開門進去了喔！」轉動手把，承均佇著拐杖一邊想一邊開了門。「難道是跟朋友出去了嗎？」

雖然是白天，但是凱蒂的房間卻顯得很陰暗，深色的窗簾完全阻擋了窗外透進來的陽光，緊閉的窗戶讓整個房間的空氣無法流通，而形成一股潮悶的味道。

「姊？妳在嗎？」承均往房裡多走了幾步，「啊！姊！」沒想到映入眼簾的是倒在地上的凱蒂。

「哥哥！朵依媽咪！你們快點來，姊姊死掉了！」

承均嚇得跌坐在地上，雙腿無力的喊著朵依和禹豪，兩人聽見承均的哭喊聲，趕緊跑上來。

「怎麼了？怎麼了？」首先看到承均的是朵依，順著孩子的眼神望去，她看見倒在地上的凱蒂。

「凱蒂！凱蒂！妳醒醒，聽得到我的聲音嗎？」抱起凱蒂，朵依試著晃動她的臉，但後者卻像失去知覺一樣沒有反應。

「阿姨，怎麼了？」隨後來到的禹豪看見弟弟癱軟在地上、妹妹在朵依懷裡失去知覺的樣子，整個人都驚呆了。

「快叫救護車，要送凱蒂去醫院！快點！」激動的朵依大聲的讓禹豪去打電話，自己則努力穩住激動的心情，「凱蒂呀！妳醒醒！凱蒂……」兩顆斗大的淚珠滑過臉頰，朵依更加自責自己為什麼沒有好好照顧這個女孩。

救護車來到家門外，醫護人員將凱蒂抱上擔架，連同承均、禹豪及朵依都一起坐上救護車往急診室奔去。

醫生先是短暫的檢查了凱蒂的基本瞳孔反應後，又去拍了電腦斷層攝影的照片後，安排做了很多檢查還有基本不需要動刀的小手術。

但這「手術中」的燈亮了好幾個小時，過程中醫護人員不斷進進出出，朵依也不敢上前拉住他們詢問凱蒂的狀況，深怕自己耽誤孩子的治療。

「老天啊，請祢一定要保佑凱蒂這個孩子平安無事呀。」朵依一邊祈禱一邊摟著承均，而禹豪只是默默的待在她旁邊，不發一語。

就在經過一段煎熬的時間後，終於從手術室裡走出來的醫生身後跟著一名護士。

「請問宋凱蒂的家屬在哪裡？」護士看了下手中的紀錄板之後，對著朵依他們喊了聲。

「這裡、這裡，我是凱蒂的媽媽，請問凱蒂現在的狀況怎麼樣了？」朵依著急的拉著醫生問。

「宋凱蒂同學目前沒有生命危險，暈倒的因素可能是因為情緒過於大起大落加上些許心律不整，受到打擊的當下一時換氣換不過來才導致昏厥，目前已經替她做了全身健康檢查，沒有什麼太大的問題，她也已經從麻醉中醒了，只是情緒方面還有點激動。不曉得宋凱蒂同學的媽媽能否跟我到診療室了解一下凱蒂同學的狀況呢？」

「好好好，我這就跟你去。」

「朵依媽咪，那我們呢？」承均拉著朵依問。

「你跟禹豪先去病房看姊姊，現在姊姊的心情很激動，不可以惹她生氣，多對她說些好聽話，媽咪等一下就過去了，知道嗎？」摸了摸承均的頭，朵依跟禹豪交換了眼神後，跟著醫生到診療室去了。

「哥哥，我們要去看姊姊嗎？」

「嗯，但是記得朵依媽咪跟你說的，不要刺激姊姊。」

「好，我什麼話都不會說。」兩兄弟跟著護士來到一般病房，進房之前，禹豪的心情一直都很低落，如果自己沒有打妹妹那一巴掌，也許妹妹現在也不會躺在病房裡。

叩叩叩。護士敲了敲門之後就讓兩兄弟進入病房。

蒼白的臉孔、沒有血色的嘴唇、冰冷冷的眼神看著窗外隨風搖曳的樹枝，彷佛對世界不帶有一點感情的凱蒂只是看了一眼哥哥和弟弟之後，又立刻別過頭。

「凱蒂啊……」禹豪抿了抿自己的嘴唇，過多的抱歉與自責讓他在面對妹妹的時候產生了口乾舌燥的現象。

而凱蒂只是靜靜的看著窗外，回給禹豪與世隔絕一般的冷淡。

「凱蒂，對不起，我不該打妳的。」坐在凱蒂的病床旁邊，禹豪牽起妹妹的手，看著她的側臉禹豪突然覺得她好陌生，彷彿一夜之間長大很多的感覺。

自己是多久沒有認真看看妹妹的臉了呢？怎麼感覺妹妹已經要從小女孩逐漸長大成為女人了？怎麼覺得妹妹瘦了好多？怎麼覺得在妹妹的身上看見了媽媽的影子？

搖了搖頭，禹豪不敢再繼續往下想，媽媽給自己最後的印象實在太可怕了。

「姊姊，會不會很痛？」稚嫩的聲音傳到凱蒂的耳裡、顫抖的小手抓著自己的手，承均覺得凱蒂跟以前好像不一樣了，但卻又說不出哪裡不同。

「不會。」搖了搖頭，勉強擠出微笑的凱蒂看著自己疼愛的弟弟，他何罪之有？自己不需要給他臉色看呀！承均還是當年那個跟在自己身後姊姊長姊姊短的小跟班。

「等妳好了我們一起去吃冰淇淋，這次我可以跟妳一起吃草莓口味。」

「你不是最討厭草莓口味了嗎？」凱蒂輕聲的問。

「但是妳看起來很痛，所以這次不跟妳爭了，我知道妳不喜歡吃香草口味，但因為我喜歡所以妳都會讓著我。姊姊，要快點好起來喔。」承均小心翼翼的怕惹凱蒂生氣，說話的語氣都特別輕。

「你說的喔！等我好了之後，要吃草莓口味的冰淇淋。」笑著摸了摸承均的頭，凱蒂的心情雖然沒有太大的起伏，可是卻一直有想哭的情緒。

「凱蒂，妳發生什麼事了？可不可以告訴我？」拉著凱蒂的手，禹豪心疼的看著自己唯一的妹妹。

但是凱蒂卻只是閉著眼睛，一句話都不說。

「唉——」深深的嘆了一口氣，卻始終緊緊的握著凱蒂的手，兄妹三人就這樣陷入寂靜中。

「哥，媽媽不會回來了，對不對？」過沒多久，凱蒂看著一旁低頭的禹豪哽噎的問。

「我也不知道……」

「我有時候都覺得媽媽好像就在我身邊，很近卻摸不到……」

「我們都很想念媽媽，但是媽媽不也寫信來說自己在美國努力工作嗎？」

「在台灣也能工作，我們都能夠半工半讀，只要媽媽在我們身邊，其實過的富有或貧窮都不是問題。」

「妳確定這是妳想念媽媽的原因嗎？」

「媽媽最後在離開之前，笑著跟我說：『凱蒂呀，把米洗好、煮好，媽媽會買豬肉回來煮一頓好吃的給你們吃，妳是我最寶貝的女兒，最聽話的孩子，承均還小不懂事，媽媽不在的話妳要替我照顧他，哥哥在外面工作很辛苦，妳也要多體諒他，知道嗎？我去一趟市場之後就回來了唷。』然後從此我就再也沒看到她了……」哽噎的說出連哥哥都不知道的事實，凱蒂是三兄妹中唯一看到媽媽最後一面的孩子。

「妳找到討厭朵依阿姨的理由了嗎？」禹豪輕聲的說，但這句話卻重重的落在凱蒂的心上，久久不說話。「我有時候都會出現這種想法：說好要回來卻沒回來的媽媽是不是化身成為朵依阿姨來到我們身邊。妳應該不會只是想念媽媽這麼簡單的理由而已，妳知道自己為什麼沒辦法接受朵依阿姨嗎？」禹豪握著凱蒂的手，他希望自己能將手心的溫暖傳到凱蒂的心裡。

「嗯。」凱蒂點點頭，眼眶中含著淚，她很清楚的知道自己為什麼討厭朵依。

❀

而另一邊在醫生的診療室中，醫生拿出診療表和朵依討論起來。

「跟據凱蒂同學的心理狀況我幫她做了初步病情分析，我想先問一下，凱蒂同學出現這樣大起大落的心情起伏有多長時間了？」

「大約一兩個月了吧。」

「除了心情起伏不定之外，有沒有其他跟以前相比差很多的行為反應呢？」

「嗯，學校老師有來電話說她的成績下降、變得喜歡翹課、跟同學相處也很容易起紛爭，在家裡睡眠時間很少，常常很早出門、很晚才回家，注意力也沒有以前那麼集中。」朵依一邊想一邊說。

「嗯，依照我多年的經驗來看，初步判斷是躁鬱症。」醫生拿出一本關於躁鬱症的手冊說。

「躁、躁鬱症？怎麼說呢？」

「通常躁鬱症分成躁期及鬱期，在躁期發作時，可能出現症狀包含：情緒容易波動或是易怒、睡眠需求減少、不能克制的多話、意念飛躍、注意力分散、誇張的膨脹自信心、增加目的取向的活動，例如：政治或宗教活動等等、精神激躁不安、過分參與極可能帶來痛苦後果的娛人活動，例如：瘋狂採購或是魯莽駕駛等等。而這其中的『情緒容易波動或易怒』是必要條件，其他症狀只要出現至少三個，而且連續發生長達一周以上，就是罹患躁鬱症。」

「醫生你剛剛說分成躁期跟鬱期，那鬱期發作的時候會有什麼症狀呢？」

「鬱期發作時，可能包含下列症狀：情緒低落、明顯對事物失去興趣、胃口改變、睡眠習慣改變、動作遲緩，或因為不安而造成活動量增加、疲倦或者失去活力、無價值感，或有過強的罪惡感、無法有效思考、注意力不集中以及猶豫不決、出現自殺的念頭或行為。其中『情緒低落』以及『明顯對事物失去興趣』必須至少含有其中一項，並且至少要再出現四種症狀，同時持續達兩周以上，才能說是罹患鬱症。」

「那凱蒂應該還只是躁期。」

「躁期發作通常起病比較突然，首次發病若不加治療，平均約會持續三至六個月。但時間長短因人不同，鬱期則可能長達六至九個月。」

「那我們凱蒂要怎麼辦呢？要接受什麼樣的治療嗎？需要住院嗎？」朵依的眉頭皺到能擰出水來，雙手緊緊抓著包包。

「目前為止躁鬱症沒有辦法被單一的方法根治，它跟感冒不一樣。雖說如此，還是能透過藥物治療來控制情緒起伏的強度、保護當事者意識的清醒、改善睡眠等等，來促使患者自癒。當然也能夠透過談話治療來學會面對自己變太快的情緒，談話治療也能讓患者意識到自己的情緒變化會影響到身邊的人事物，進而學會處理或是彌補情緒過度變化而造成的或果。」

「這樣啊，總之只需要定期服用藥品跟回來做談話治療就可以了嗎？」

「是的，但是躁鬱症需要長期治療，家人、社會、學校都需要一起努力，用藥量會依照凱蒂同學的情況做調配。」

「都是我沒有顧慮到凱蒂的心情才害她變成這樣，唉唷，我真的是……」充滿自責的朵依對凱蒂產生了滿滿的愧疚感，如果自己再早一點發現的話，也許凱蒂就不會有躁鬱症了。

「其實現在開始也不遲，凱蒂同學現在最需要的是親情的陪伴，少了親生媽媽的遺憾也許只有妳能填滿，把自責的時間換成對孩子更多的關愛與付出吧！」醫生溫柔的笑著對朵依說，這樣的話語在無形之中也形成了一股安慰的力量，同時也讓朵依堅定了自己一定要為了凱蒂能努力多少就努力多少。

離開診療室的朵依來到凱蒂的病房，才一推門進去就聽到禹豪和凱蒂的那段對話。

「妳找到討厭朵依阿姨的理由了嗎？」

「嗯。」凱蒂輕聲的說出了那個讓朵依鼻酸、落淚、卻不敢哭出聲的理由：「其實我不討厭她，但是我如果接受了朵依阿姨，我會覺得對不起媽媽。」懷著對親生媽媽的思念與愧疚，凱蒂說出了自己排斥朵依的最真實原因。

第九章　露營

在醫院的那幾天，朵依天天到醫院陪伴凱蒂，而且拒絕醫院供應的餐點，親自替凱蒂下廚煮了好幾道菜讓她補身體。

雖然兩人在這幾天沒有什麼言語交流，可是看著朵依為自己忙進忙出的樣子，加上這幾天都陸陸續續跟醫生們進行談話治療，凱蒂在無形中也漸漸放下對朵依的武裝。

就這樣待了幾天，在醫生的檢查之下確認凱蒂沒有什麼太大的問題後，朵依就辦理了出院手續。

才剛回到家，她就拿著一封完整未拆開的信給凱蒂。

「這是……」凱蒂將信封翻到正面，發現從美國來的郵票跟郵戳，立刻明白是媽媽寄給自己的信。

「這是妳媽媽特地只寫給妳的信，如果妳有想對媽媽說的話，就寫在信上，我會替妳寄出去。」朵依說完就走進廚房開始料理晚餐。

凱蒂拿著信走回房間，用那把當初在桌上劃來劃去的美工刀，輕輕的拆開那封信。

親愛的凱蒂：

聽說妳最近生病了？要好好照顧自己唷！為了妳的安全和健康，要放寬心去生活，媽媽不在妳身邊，妳要更懂得照顧妳自己，躁鬱症不是什麼大病，但卻需要時間慢慢的恢復，如果妳好好的在朵依阿姨家生活的話，做為交換條件，媽媽很快就會跟妳見面囉！好好保重。

愛妳的媽媽

凱蒂看著媽媽寫給自己的信，心裡浮起一股衝動，她有好多好多話要跟媽媽說、有好多問題想要問媽媽，拿起紙筆，凱蒂開始洋洋灑灑的寫了好幾張信紙，她把自己的心情寫成信，希望能寄到在太平洋另外一端的媽媽手裡。

信的內容大多數都是在講最近的近況，還有希望媽媽可以告訴她：為什麼沒有遵守承諾？不是說好去一趟市場就回來了嗎？怎麼反而跑到美國去了？

她還說自己得躁鬱症的原因是因為不知道該怎麼接受朵依，她很思念媽媽、希望可以再見到她。

時間慢慢的一天一天過，雖然朵依幫凱蒂寄出很多信，但媽媽的回信卻不如預期來的多，而且信的內容與以前相比也顯得十分簡短。

親愛的凱蒂：

媽媽最近越來越忙了，越來越沒有寫信的時間，我也因為太忙所以很多妳問我的問題都沒辦法立刻給妳解答，也許以後妳就會懂了吧！我很掛念你們，記得好好照顧自己。

愛妳的媽媽

「又是太忙！最近收到的信都說自己太忙沒時間寫信……」凱蒂看完這封媽媽的來信之後，突然感覺到媽媽不像以前一樣呵護又捧著自己了，「也許現在的媽媽最重要的是賺錢吧。」

「妳收到媽媽的信了嗎？」禹豪看著從樓梯上臭著臉走下來的凱蒂，開門見山的問。

「喔！對啊，又是說自己太忙，媽媽的信越來越簡短了，我都懷疑她是不是在美國另外結了婚，有了別的家庭，所以才開始覺得我們是累贅。」凱蒂坐在沙發上，雙手在胸前交叉，語帶不爽的說。

「妳美式影集看太多喔？媽媽去美國認真賺錢不陪在妳身邊也要嫌、回信給妳已經是百忙之中抽空了，妳也要嫌，妳這小公主還真難伺候。」不怕刺激凱蒂，禹豪無奈的說。

「我不是嫌，我只是覺得媽媽跟以前不太一樣了……」

「妹妹，人都是會隨著時間而改變的，我們該珍惜的是當下的生活，不是一個摸不到的想像。」禹豪走到玄關，穿了那雙為了訓練跑步的球鞋，將鞋帶繫緊之後，拍了拍跟著自己來到玄關的凱蒂的頭說：「不要想太多，大人的世界不是我們這些孩子隨便就能理解的，即便如此我們也要試著去了解他們，這是對他們的體貼、也是我們成長的必經過程。」

❀

接下來的日子凱蒂靠著藥物跟談話治療，雖然躁鬱症並沒有痊癒，但在情緒控制上面卻有大幅改善，而這段治療的時間，朵依一點也沒有怠慢過這個孩子，不但全程陪在她身邊，還試著跟凱蒂一起從事她喜歡的事情。

第一次兩個人一起去做美甲，在十根手指頭上面畫上十個不一樣的圖案：幾何圖案、風景、漸層設計、玩偶……等，朵依意外的也發現這孩子在美術這方面很有天分，無論是色彩搭配還是空間設計。

第一次兩個人一起去美髮院弄造型，洗掉不適合國中生的星空漸層染髮，以離子燙和空氣瀏海營造出身為國中生的清新脫俗。

一直在凱蒂身邊付出的朵依，也在凱蒂去醫院接受治療的時候，去聽一些關於如何與青少年相處的講座，慢慢的好像也開始融化眼前這個孩子冷冰冰的心。

這天，學校迎來建校五十周年的假期，為了增加親子之間的感情，朵依接受了治療師的建議：計畫與孩子們的兩天一夜的露營活動。

「孩子們，我們趁著這次的假期，一起去露營吧！」

「露營？去哪裡露營啊？」凱蒂看著興奮的朵依問。

「朵依媽咪，我從來沒有去外面露營過，一定很好玩！我要去！我要去！」興奮的承均舉雙手贊成。

「我也贊成！趁著這次大家一起去戶外走走看看吧！」禹豪難掩開心的心情說，他也是出生到現在第一次在野外露營呢！

「為了讓大家都有參與感，我決定大家要一起分工合作！」朵依拿著一張白紙，上面寫了好多事前準備的東西和注意事情。

「首先，露營地點我來找，但是要吃什麼、想吃什麼由你們決定，再來就是各自的行李要各自準備，可以尋求協助，但不可以把自己的責任丟給別人唷！然後因為現在的天氣剛進入秋天，露營地點可能會比較偏靠山區，記得帶保暖衣物，也為了不讓你們在寒冷的室外過夜，我會去租露營車，可以溫暖的在車裡面睡覺！」

「哇！好棒喔！我第一次坐露營車耶！」承均興奮的說。

「我也會想一些活動來增加露營趣味，不過煮飯、整理環境等等是大家都要一起幫忙的喔！」朵依看著三個孩子露出開心又期待的表情，自己也覺得很愉快。

❀

在提前一個禮拜的準備之下，三個孩子都把自己的責任盡的非常完善，行李完美的打包完成、對於買來的食材也不多不少四人份，一點也不貪心、不浪費。

就這樣朵依開著露營車，帶著三個孩子開心的出遊去了。

露營原本是考驗野外生存能力的一種活動，但隨著時代進步，現在的露營更重視的是家人朋友們聚在一起的氣氛，為了達成這個目的，還出現專門讓人舉辦露營活動的場地，不但安全又能玩得開心。

考慮到一個人要帶三個孩子，朵依選擇了山腳下的露營場，抵達的時候只有下午三點多而已，是陽光還很明媚的午後，放眼望去全是長滿稻穗的稻田，微風輕輕吹過，那一排排的金黃稻穗隨風搖曳，看得讓人心曠神怡。

「好啦，我們開始來準備晚餐。」將露營車展開為露營模式之後，朵依也搬出了桌子、椅子還有食材，雖然天色還早，但因為考慮到已經入秋了，天空會暗得早，很多事情都要提前準備比較好。

「附近有一條很清澈的小河，禹豪可以麻煩你去幫我多提幾桶水嗎？」朵依拿出好幾個水桶交給禹豪之後，轉身對著凱蒂繼續說。

「凱蒂呀！等禹豪把水提回來之後，妳就幫我把那些蔬菜洗一洗、切一切、該削皮的削皮、該切塊的切塊，這方面沒有人做得比妳好，我就放心的交給妳啦！」

默默接過一袋食材的凱蒂臉上露出被稱讚、被肯定的喜悅，突然覺得洗菜、切菜並不是什麼特別難的事情嘛！這可是她在搬入朵依阿姨家之前每天都要做的呢！

「承均呢，你就負責幫我加木炭，小心不要燙傷唷！」

「好的！朵依媽咪，我一定就跟聯邦快遞一樣，使命必達！」

因為承均可愛的回應讓朵依和凱蒂相視而笑，這種暖暖的感覺不只有朵依感受到，連一旁的凱蒂也開始覺得能跟朵依一起生活也許真的是件不錯的事情。

天色開始變暗，夕陽在最後西下之前，留給大地一片輝煌與燦爛、留給天空一片無限延伸的彩霞。

在經過幾番努力之後，朵依和孩子們開始圍著爐火製作今天的晚餐：烤肉。

「這是最簡單卻是最好吃的料理，你們好聰明啊，居然想到要買烤肉串。」從來都不吝於給予讚美的朵依，這次也將孩子們稱讚到心花開呀。

有人說：「天才都是誇出來的。」其實也不完全沒有道理嘛！

結束了晚餐時間之後，一家人圍著營火享受著大自然的聲音，雖然是初秋，但依稀聽的見一點點的蟬叫聲，蟲鳴鳥叫，跟被風吹過的稻穗及樹葉發出的沙沙聲形成一股美妙的自然交響樂。

漸漸的，天完全暗了下來，原本明亮的天空搭配著悠悠白雲在經過彩霞的洗禮之後，一轉眼換上一身碳黑的禮服，在沒有光害的露營場地之上，一顆又一顆的星星點綴著這身晚禮服，成為整個初秋晚宴中最光彩奪目的風景。

「你們看！天上有好多星星喔！」承均指著天上發光的星星說。

「哇！真的耶，好像鑽石一樣。」凱蒂看著寬廣無邊的天空，還有美麗的星群，無限感嘆的說。

「說到鑽石，我來說個故事吧！這是以前我還小的時候，從某個姊姊那邊聽來的唷！」朵依的話吸引了三個孩子的注意。

「是鬼故事嗎？」膽小的承均首先發問。

「蛤！如果是鬼故事那我也不要聽了。」凱蒂緊緊拉著禹豪的手，不安的說。

「兩個膽小鬼，有我在怕什麼？而且平時不做虧心事，鬼有什麼好怕？」禹豪笑著對弟弟妹妹們說。

「呵呵，不是鬼故事唷！是一個關於信念的傳說故事。」朵依給孩子們各倒了一杯溫牛奶後說。

「不是鬼故事就好了。」承均和凱蒂互看一眼之後，鬆了好大一口氣。

「在太陽國裡住著珍珠、玉明珠、紫水晶明珠和玻璃珠四顆珠子，她們和睦的一起生活著。

珍珠在任何時候都是優雅的姿態；玉明珠則是散發出比藍天還要藍的光芒；紫水晶明珠也是散發著只屬於自己獨特的紫光，而什麼都沒有的玻璃珠對這樣的現象感到十分羨慕。

她也希望自己擁有與眾不同的色澤與光芒，然而她只是一顆平凡的珠子，和她們三個在一起的時候自己顯得十分樸素。

這天，太陽國王向全國下達了陽光王子過生日的消息，要招待美麗的珠子們進宮參加舞會。

珠子們一聽紛紛為了展示自己的美麗而開始裝扮，說不定被陽光王子看中之後就能在皇宮裡住下也不一定呢！

珍珠用微微的光，有品味的打扮了自己一番；玉明珠用幽藍的光，讓自己看起來端莊賢淑；紫水晶明珠用神秘的紫光，傲岸的裝扮完畢。

為了參加陽光王子的生日會，玻璃珠非常茫然，她知道自己不管怎麼打扮也只是普通的透明色而已。玻璃珠對於自己沒有特別的顏色與光澤感到很傷心，深怕自己不小心會破壞生日宴會的氣氛，但又不能不去，因為太陽王國的珠子都是受到太陽國的施恩普照而發光的。

在無奈之下，玻璃珠就以樸素的樣子，前往參加陽光王子的生日會。

晚會當天，王國裡受邀前來的寶石和明珠們散發出各種美麗的光芒，尤其當陽光王子一走動，受到照射的寶石和珠子們就會更加閃爍，除了明珠之外，還有很多從深海裡打撈出來的、從遙遠的國度前來的稀有寶石們，其中最顯眼的就是『鑽石』了，看得玻璃珠久久無法移開視線。

『妳是誰？叫什麼名字？從哪裡來？』沉浸在寶石們的美麗中，玻璃珠沒有發現不知道何時悄悄來到她身邊的陽光王子。

『啊！王子殿下，我是住在太陽王國裡的玻璃珠。』

『如此透亮明淨的樣子我還是第一次看見，真的好漂亮。』其實在宴會開始之前，王子就已經注意到她了，在閃著華麗光芒的寶石之間，玻璃珠就像晨間的露水一樣，清透明亮。

陽光王子慢慢彎下身，在音樂緩緩淌流之間，王子和玻璃珠手牽著手在宮廷中央跳起舞來。

參加宴會的所有寶石和明珠們紛紛露出不可置信的表情，但只有太陽國王將一切都看在眼裡，明白了兒子的心意。」朵依說到這裡便停下故事。

「什麼心意啊？」等不及的凱蒂催促著結局。

「這就要交給你們自己去想囉！」賣了關子，朵依笑著喝完最後一口牛奶。

「蛤！說嘛——」承均也覺得意猶未盡的拉著朵依的手撒嬌。

「會不會是跟灰姑娘一樣，最後玻璃珠跟陽光王子結婚呢？」禹豪也沉浸在剛剛的故事裡。

「好了好了，時間也很晚了，大家都去睡覺吧！下次再告訴你們結局，告訴你們陽光王子的心意。」朵依笑著讓孩子們進到露營車裡，洗梳完畢之後一起上床睡覺。

第十章
發病

結束露營之後，母子四人的感情好像又比以前更好了，特別是發現凱蒂天分的朵依，深深覺得自己一定要在有限的時間之內，像培養承均和禹豪一樣的栽培凱蒂。

「凱蒂呀！妳因為身體狀況所以有好長一段時間都可以不需要到學校去，妳會不會覺得很孤單、很寂寞呀？」這天，兩兄弟都上學去了之後，留下像學校中請在家自習的凱蒂和朵依兩人。

「算了啦，不去也好，反正去了也是一群狐群狗黨，我沒去上課之後連個簡訊都沒傳給我，還說什麼好朋友，算了啦！趁這個機會切八段也好，不想跟那種人有糾葛。」凱蒂一邊翻閱著從圖書館借回來的時裝雜誌，一邊對朵依說。

「那些時裝雜誌不是都是好幾個月前的嗎？」朵依問。

「雖然是好幾個月前的，但是流行是會循環的，看時裝雜誌也可以順便培養自己對色彩的敏銳度，我先說喔！我可不是什麼愛慕虛榮想跟上流行的那種人。」

「呵呵呵，我知道、我知道，從妳跟我一起去美甲店的時候，我就知道了。」

「知道什麼？」闔上雜誌，凱蒂疑惑的看著朵依說。

「知道妳對色彩與圖形好像還滿有天分的，所以我今天特地想跟妳商量一件事。」從包包裡拿出一張紙，朵依走到凱蒂旁邊坐下。

「什麼？」放下手中的時裝雜誌，凱蒂靜靜的聽著朵依接下來要說的話。

「社區大學最近有開美甲課，妳想不想去試試看？」朵依將手中的傳單遞給凱蒂。

白色的紙上整齊的介紹了一共十二堂的美甲課程，包含色彩調配、圖形教學、還有進階暈染課程。

「哇！」看著傳單上印出來的圖片，凱蒂的眼神瞬間明亮。

「怎麼樣？想不想參加？」朵依溫柔的笑著說。

「可、可以嗎？」凱蒂膽怯的問。

「當然可以呀！只要妳喜歡，什麼都可以。」摸了摸凱蒂的頭，朵依投以慈母關愛的眼神。

「為什麼要對我們這麼好？我們又不是妳親生的孩子，以前也不認識，妳也不是爸爸媽媽的朋友或親戚，為什麼要對我們這麼好？」凱蒂緊緊握著手中的傳單，想起了過去和爸爸媽媽發生的小插曲。

※

「凱蒂，妳的指甲怎麼了？」看著被彩色筆塗得亂七八糟的指甲，凱蒂的媽媽驚訝的說。

「是不是很漂亮？」那時候只有小學四年級的凱蒂，得意的像媽媽炫耀著。

「什麼漂亮？醜死了，顏色也塗不均勻，妳知不知道用彩色筆這樣塗的話，很難洗掉啊？」沒有給予讚美的母親讓凱蒂開心的臉瞬間消失了微笑。

「因為沒有指甲油。」凱蒂不悅的說。她當然也知道彩色筆比不上指甲油的效果，如果比的上，那幹嘛發明指甲油？

「還想要有指甲油？立刻去洗掉！一個小學生整個腦袋瓜裡不知道在裝什麼，妳接下來就要升五年級了，要好好讀書考取私立學校，以後才能升上好的高中、大學，然後找到好工作呀！」

「我才不相信讀書是我唯一能活著的方式。」低估著，凱蒂默默的走進浴室，不捨的刷掉十根手指上精湛漂亮的圖案。

「以後不要再想這些有的沒的了，專心讀書，知道嗎？」廚房裡傳來媽媽的聲音，嘩啦啦的水將凱蒂的天分與夢想與洗掉的色彩一起流入排水管裡。

❀

「我沒有什麼能特別留給你們，妳說得對，我們非親非故，突然對你們這麼好，的確會讓你們起疑心，這段期間我沒能顧好妳的心理狀態我也很抱歉，但我只想告訴妳，我希望能在有限的時間裡對這個世界做多一點貢獻，也就這麼剛好，我遇見了禹豪、得知了你們的情況、然後遇見了妳跟承均，如果我沒有一次收養你們三個的話，你們不但會面臨被分開的命運，也許三個人都會出現對心家庭的不適應狀態。只是我對妳很抱歉，讓妳得了躁鬱症……」朵依緩緩的說，凱蒂靜靜的聽。

「我要上這個課，出錢讓我去！」拿起手中的傳單，凱蒂帶著有點任性、有點霸道的語氣對朵依說。

「好、好、好！妳想學什麼我都會讓妳去。」雖然凱蒂的語氣並不柔緩，但朵依知道她開始慢慢的對自己卸下心防了。

「喔對了！這個是媽媽寄來的信。」朵依從客廳的電話旁拿起一封印有美國郵戳的信交給凱蒂。

「反正又是寫自己很忙之類的，不看也罷。」這是第一次，凱蒂拒絕讀媽媽的信。

「那我能看嗎？」朵依小心翼翼的試探著問。

「喔！妳看啊，反正大同小異，我都覺得媽媽是不是寫了一封之後拿去影印好幾份，然後分別寄回來。」注意力完全被傳單上的美甲塗片吸引，凱蒂漫不經心的說。

朵依一句話都沒回應，默默的拆開給孩子們的信。

「哇！凱蒂，媽媽說忍耐一下再過一年就能見面了耶！」朵依拍著凱蒂的大腿說。

「還要再過一年？連個電話都沒打，我寫的信也都這麼簡短才回，有沒有心這樣一看就知道了，還要過一年才能見面？那至少也打個電話吧。」凱蒂默默的把對媽媽的思念轉成不解。

但也許是在無形之中，被朵依溫柔的樣子給影響了吧。

「也許媽媽真的很忙很辛苦，我們就多少體諒她一下吧！晚餐想吃什麼？還是我們去吃義大利麵？」朵依說。

「義大利麵？有牛排、漢堡跟薯條嗎？我要吃美式的那種。」

「哇！看來我們凱蒂真的很喜歡American Style耶！」

「那當然，我美式影集看超多的欸，手機裡面也全部都是英文歌。」

「以後想去美國找媽媽的原因嗎？」

「不是，反正媽媽剛剛不是說再一年就見的到面了嗎？幹嘛浪費錢去找她？我是對英文也有興趣，想要把英文學好，想去看米蘭的時裝周、想去參加世界級美甲比賽、想……我是不是太好高騖遠了啊？畢竟我現在才國中。」凱蒂看著朵依專心聽著自己說話的表情，突然一陣害羞。

「不會唷！完全相反，很多人都不知道自己未來想要做什麼，渾渾噩噩的過了一輩子，到老了才會想『啊，如果我年輕的時候怎樣怎樣就好了。』比起那些人，妳這麼早就確定了努力的目標，我很替妳開心。」朵依笑著說。

「那妳要跟我約法三章嗎？」

「為什麼？」

「妳不是跟哥哥還有弟弟都約定了？我也要嗎？」

「凱蒂需要我跟妳約法三章嗎？」朵依溫柔的笑著說。

「妳想約定就約定啊，反正我自己想做的事情我自己會看著辦。」

「約法三章太多了，我們之間只需要一章就夠了。」

「是什麼？功課不能退步？要考上好學校？學了美甲要去比賽拿名次？英文考試要第一名？」皺著眉頭，凱蒂想起之前跟媽媽談的條件全都是以成績和名次為主，不自覺得不耐煩了起來。

「學什麼都好，妳開心最重要。」

沒想到朵依會說出這句話的凱蒂，心頭狠狠的震了一下，不耐煩的表情一掃而空。

「妳知道這世界上最可怕的人不是一直都很努力的人，而是努力的時候卻樂在其中的人。」拍了拍凱蒂的頭，朵依說。

「承均說的對，阿姨跟媽媽不一樣，媽媽以前阻止的事情，阿姨全部都會允許我們去做；媽媽說只有讀書才有未來，阿姨卻讓我們適性發展，朝自己有興趣的事情鑽研，承均說的對，阿姨跟媽媽真的不一樣。」凱蒂小聲的囁嚅著。

「等我一下，我去換衣服！今晚一起去吃牛排大餐囉！不要讓哥哥弟弟們知道唷，這是我們的祕密。」賊笑了一下，朵依走回房間換下了休閒的服裝。

凱蒂真的開始依賴朵依了，也許是自己能夠學到美甲、能夠無止境的看美劇和聽英文歌、也許是感受到朵依對三兄妹的支持與愛護，凱蒂在不知不覺中，把朵依放在心裡比媽媽還要重要的地位了。

當然，偶爾還是會出現躁鬱症的症狀，特別是在從事自己不喜歡的事情上面：例如算數學。

當然，偶爾自己出門逛街的時候，還是會隨意的亂買東西，然後再偷偷塞給承均，搞得承均的房裡都是女孩子的飾品。

「你可以送你們老師或是班上女同學當生日禮物啊！」這是凱蒂對承均的說

法。

當然，偶爾還是會突然的想哭、突然的開心、突然的暴躁、突然的說些厭煩世界的話。

朵依只是默默地陪著她，然後在她想哭的時候給予擁抱、開心的時候投以微笑、暴躁的時候靜靜的不說話、厭煩世界的時候帶她去看一場電影。

事情漸漸地來到好轉的地步，但也就是因為朵依越來越幸福，所以上天要再次殘忍得奪走這種幸福，如同當年跟那些男子分別結婚的時候一樣。

❀

這天晚上，一家四口剛吃完飯，孩子們待在客廳裡收看八點準時播出的偶像劇，朵依一個人獨自在廚房整裡碗盤，時間點就在這個時候來臨。

「碰」的一聲，強大的撞擊伴隨碗盤碎裂的聲音傳到在客廳的孩子們耳裡。

「怎麼了?怎麼了?啊!朵依阿姨!妳醒醒啊!怎麼了?」孩子們應聲來到廚房，發現倒在地上的朵依臉色蒼白，沒有意識的昏過去了。

「快點打電話叫救護車!」禹豪讓凱蒂打了電話求救，自己則努力地緩和承均受到驚嚇的情緒。

救護車迅速抵達門口，救護人員快速卻小心地將朵依放在擔架上，緊急送往急診室。

接到醫院電話的大勝也在短時間內迅速地趕到醫院。

「大勝叔！」看見熟悉的臉孔，禹豪一把眼淚一把鼻涕的摟著弟弟妹妹們說。

「好了好了，你們都別哭了，到底發生什麼事了啊？」大勝緊張的問。

「我、我們也不知道，吃飯的時候都好好的，可是、可是阿姨突然暈倒了，會不會是、是什麼很嚴重的病啊？怎麼辦？」禹豪哭哭啼啼的勉強將情況告訴大勝。

「你們先把眼淚擦乾，大勝叔有件事情想讓你們知道。」在三個孩子面前席地而坐的大勝，像是下定決心一樣，決定把事情都告訴他們。

「怎麼了？朵依媽咪生病了嗎？」承均緊張的問。

「嗯，她的確是生病了，而且是領養你們之前就已經知道的事實。」大勝深呼吸了一口氣後說，「癌症晚期。」

「癌、癌症？」凱蒂不可置信得睜大眼睛看著大勝。

「嗯。」大勝點點頭。

「為什麼……」禹豪也不敢相信的看著大勝問。

「她選擇不治療是為了要有更多時間可以跟你們在一起，留下溫暖而美好的回憶，朵依她這輩子活得很坎坷，結了很多次婚，但丈夫總是很快就離開人世，所以她沒能體會成為母親的喜悅，直到遇見了你們，其實你們也算是幫她完成夢想了，我替她跟你們說謝謝。謝謝你們來到她身邊，陪著她走過人生最艱苦的過程。」大勝難過的說。

「怎麼會這樣……」孩子們都無法接受這樣的事實，特別是凱蒂，內心突然有種被掏空的感覺。

第十一章 對抗癌症

「這裡是哪裡？」朵依閉著眼睛，感受氣流穿過身體，身體輕飄飄的浮在空中。

「我是誰？」然後輕輕的張開眼，映入眼前的只有一片純白、還有穿著純白衣裝的自己。

「我死了嗎？」全身都沒有力氣，朵依就像一片落葉一樣開始慢慢的往下降落。

「這裡是天堂嗎？」碰到冷冰冰的地板，她勉強恢復了一些力氣，吃力的坐起來。

「朵依媽咪！朵依媽咪！」

突然間，四周傳來一個男孩的呼喊，稚嫩的聲音聽起來是個年紀不大的男生。

「朵依阿姨，聽得到我的聲音嗎？」

接著是另一個男孩的聲音，這樣的音頻聽起來很穩重，感覺應該是個令人放心的大孩子。

「阿姨，我不要妳躺在床上啦……快點醒來，我會乖乖聽話，也會按時吃藥看醫生，更不會跟妳頂嘴了，妳起來好不好……」

這次是個女孩的聲音，帶著恐懼、帶著不安，一字一句都重重的敲在朵依的心上。

「是誰在叫我？」環顧四周，朵依誰也沒看見，然後她發現自己的手越來越透明、接著是腳。

「朵依阿姨！」突然她感到有雙溫暖的手握著自己，一個女孩的模樣有點清楚卻也有點模糊的出現在她面前。

「妳是？」看著眼前女孩模糊的臉部輪廓，那雙握緊自己的手上，塗滿了各種指甲彩繪。

「阿姨……」那女孩再次呼喚了朵依。

「凱蒂，是凱蒂嗎？」讓朵依恢復記憶的那十片彩繪指甲，還有熟悉的嗓音，「是凱蒂！」

「阿姨，妳回來好嗎？」女孩話剛落下，一陣風吹過，將女孩如同煙霧般吹散了。

「凱蒂！」喊了一聲，朵依全身抖了好大一下，接著一陣黑霧迎面而來，跟在黑霧之後的是刺鼻的藥水味。

風輕輕的從窗戶吹進來，陽光透過百葉窗折射後，一閃一閃的落在病房的地上。

朵依輕輕睜開眼睛的瞬間，全身的力氣如同被抽風機抽掉一樣，什麼力氣也沒有。

「朵依、朵依，聽得到我的聲音嗎？妳醒了對吧？」大勝喊著躺在病床上的朵依。

沒有過多的力氣，手術完的麻醉剛退不久，自己全身還是癱軟狀態，朵依只能眨了眨眼睛，表示自己聽得到大勝的聲音。

「朵依媽咪，妳醒了嗎？」承均趴在病床旁，睜著大眼睛看著朵依說。

「朵依阿姨，妳還好嗎？感覺怎麼樣？」禹豪站在承均後面，語帶焦急的說。

朵依輕輕的眨了兩下眼睛，想讓孩子們放心。

其實她現在這個樣子，是最不希望被孩子們看見的樣子。

「阿姨，為什麼沒有告訴我們妳生病的事情呢？」凱蒂站在哥哥後面，眼眶泛紅的問。

但是現在的朵依卻什麼都沒辦法回答，只能閉上眼睛，再度沉沉睡去。

「請問是巫朵依小姐的家屬嗎？」醫生在檢查完朵依的身體狀況之後，對著大勝說。

「喔！是的，我是她哥哥。」

「能借一步說話嗎？」醫生走到病房外，後面跟著大勝。

「醫生，我妹妹的狀況怎麼樣了？手術結束之後你不是說過手術很成功嗎？現在是有出現什麼狀況嗎？」大勝焦急的問。

「請問您知道自己的妹妹罹患乳癌這件事情嗎？」

「嗯，我知道，是惡化了嗎？我妹妹她還有多久……？」

「朵依小姐之前一直堅持不化療，如果依照現在這樣的情況下，一個月左右吧。」

「一……一個月？那如果化療的話呢？」

「這要看病人的身體狀況了，有的人化療完之後一個月也是走了，有的人化療結束之後反而痊癒了，當然還有的人雖然沒有痊癒，但也比預計的時間多活了好久好久。」

「怎麼這樣……」

「但是現在能夠保證的是：如果朵依小姐接受化療，至少還有三個月，這期間她的病情我們能夠治療，但是心情卻需要家屬的幫忙，不要讓她有太多壓力，盡量多給她活下去的勇氣。」

「好的，我知道了，謝謝醫生。」

坐在病房外的大勝在腦中想了好多好多事，也想了好多好多理由跟方式去說服朵依接受化療。

他知道依照她的個性，是不會輕易改變自己決定的事情。

拖著沉重的腳步，大勝推開了病房門，三個孩子在一旁發呆，朵依則是沉沉的睡著了。

「我先帶你們回家吧！」大勝對著孩子們說。

「我不要回去！」凱蒂看了大勝一眼之後說。

「我也不要回去，我要陪在朵依媽咪身邊。」承均拉著姊姊的手說。

「先回去洗個澡，收拾一點行李，然後我再帶你們來這裡。」摸了摸承均的頭，大勝百感交集的說。

才多長時間而已，朵依跟孩子們就培養出這樣的感情，一方面替她開心，卻又替她感到難過。

「大勝叔，朵依阿姨會好的，對吧？」禹豪看著大勝問。

「嗯！當然！這裡的醫生可是全國最有名的醫生，而且剛剛醫生也跟我說了，你們的朵依媽媽絕對會好起來的！你們不要擔心了！先回家一趟吧！」大勝勉強擠出笑容，拍著禹豪的肩膀說。

孩子們總是好哄的，但是哄的了一時，之後還是需要對他們說出事情的真相。

在三個孩子離開病房之後，朵依慢慢的張開眼睛，寧靜的病房、溫暖的陽光、不吵雜卻有律動的鳥叫聲、微風吹過窗外的樹發出的沙沙聲，世界好像靜止了一樣、時間好像停了一樣，朵依感受到前所未有的安寧，還有那顆還在跳動的心。

「朵依小姐，感覺好點了嗎？」此時醫生再度走進病房，原本只是想放回紀錄板，正巧碰上朵依醒了的時刻。

朵依則是點點頭，勉強擠出微笑的看著醫生。

「朵依小姐，請問您想接受化療嗎？」醫生慈祥的看著她問，後者點點頭。

「等您的身體恢復一點元氣之後，我們就立刻開始進行治療，好嗎？」溫柔的語氣讓朵依內心的想法更加堅定，也獲得更多勇氣。

心裡的那個想法，是在看著那片純白色的時候、還有看見孩子們的時候，湧上心頭的決定。

為了她心愛的孩子們、為了自己能夠爭取更多陪在他們身邊的時間、為了還沒有完全康復的凱蒂，朵依接受了醫師的專業建議，開始辛苦的化療之旅。

❀

「你們今天都做好心理準備了嗎？」大勝看著三個孩子，眼中帶著不捨。

朵依醒來後已經過了一個星期，元氣恢復了一些、精神也比較好了，今天正是她剃髮的日子。

「嗯！我們已經決定好要陪著媽媽一起面對化療了。」禹豪總是能讓大人有一種安心的穩重感，他牽著弟弟妹妹的手，堅定地看著大勝。

而且他早就想要跟承均一樣，以「媽媽」去稱呼這位跟自己沒有血緣關係卻比親生母親還要親的女子了，有一種如果不再叫「媽媽」的話，好像會讓自己後悔一樣。

「凱蒂，妳也是嗎？妳可是女孩子唷！」

「大勝叔，朵依媽媽教過我，如果因為自己的性別而害怕去做任何事的話，那接下來的阻礙會更多，如果要突破自己就不要去思考性別的差異，哥哥跟弟弟能做到的，我只要努力也有機會可以做到，就算受到嘲笑也無所謂。」凱蒂堅定的說，她明白自己不能再失去朵依的心。

大勝看著孩子們堅持的樣子，深呼吸之後，替他們做出了三兄妹商量之後的決定。

「嗡──嗡──」剃頭刀犀利的聲音從病房裡傳出來。一撮、兩撮、三撮……浴室裡慢慢落下的黑髮如同秋天的落葉一樣，一點都沒有眷戀的離開了朵依的頭皮。

「朵依媽咪！」承均推開病房門，此時已經把頭髮全部都剃掉的朵依，由護理人員慢慢攙扶著走出浴室。

朵依驚訝的看著跑到病房來的三個孩子，蒼白的臉瞬間抹上兩抹紅暈，無神的眼睛也在看見孩子的那刻，出現了閃閃發亮的光芒。

「你們……」拍著撲到在自己身邊的承均，朵依慈愛的微笑著看他們三兄妹。

「哇！你們怎麼變成這樣啊？」護理人員驚訝的問著眼前的三兄妹。

「嘿嘿！」摸著自己的光頭，禹豪不好意思的靦腆笑著。

「因為朵依媽咪自己一個人會很害怕，所以我們全部都陪她一起，跟朵依媽咪一樣。」承均自豪地看著朵依，後者的眼角泛著淚光。

「媽媽，要好起來喔……才不會辜負我們變成這樣的決心。」還是不善於表達自己內心的凱蒂，害羞得對朵依說。

朵依看著三個孩子全都因為她而剃掉頭髮，成了一個個小光頭，這麼暖心的舉動讓她情不自禁的一陣鼻酸、流下淚水。

「謝謝你們。」接過大勝給的衛生紙，朵依擦掉了眼角的淚珠，臉上帶著幸福的笑容。

「明天早上九點先安排身體健康檢查，以下是一些須知，跟您說明一下。」護理人員將朵依攙扶到床上後，向其說明了明天一整天的化療流程後便離開了。

「你們這樣到學校去或是外出都沒有關係嗎？尤其是凱蒂……」朵依擔心的問。

「我沒差。反正我會戴著帽子，如果有人笑我，我會跟他們說為什麼我把頭髮剃掉。」凱蒂說。

「這樣真的沒關係嗎？」

「媽媽，我們這麼做是為了要給妳勇氣，我們也是在做好事，所以妳一定要好起來，知道嗎？」

短時間之內，快速的接受了朵依的病情，並且做出以往絕對不會有的行為，凱蒂其實自己也了解：如果失去朵依，她將會失去第二個媽媽，她不想要這樣，她不想再去適應任何一個家庭，她要朵依好好的，然後一起再去做指甲彩繪、一起去逛街，她想要這種又像朋友又像母女的安全感。

如同禹豪告訴過自己的那些話：「被笑又怎樣？笑你的人不會陪著妳一輩子。朵依媽媽是給了我們一個新家、一個新環境、又是成為我們的第二個媽媽的人，我們不給她勇氣，那誰給她勇氣？」

就是因為禹豪這麼說了，凱蒂才正視朵依在自己內心的地位。

人總是要等到失去後才懂得珍惜，不過還好，凱蒂在失去之前就已經充分了解其實比起親生媽媽，她更在乎的是朵依能不能健康的陪著他們三個走下去。

朵依從孩子們身上獲得很大的勇氣，原本懼怕的化療和手術好像也沒那麼可怕了。

所以才有人說：「生病的人除了治療之外，心療也很重要。」

化療並不是我們想像中的那麼簡單，它所伴隨的副作用常常讓朵依看起來很虛弱，它所伴隨的疼痛常常讓朵依深鎖眉頭、咬緊牙關。但為母則強，朵依心繫著三個孩子，再苦也要忍下來、再痛也是笑著面對大家。

因為她積極治療的關係，相信自己一定能好起來的念力，加上孩子們只要一放學就立刻到醫院來陪著她，大勝也是三不五時就來探望她、給她勇氣，所以化療的效果比想像中的還要好很多。

「朵依小姐，感覺怎麼樣了？」這天，主治醫生帶著實習醫生們前來到病房巡診。

「謝謝你，我覺得我的精神好很多了。」朵依慢慢地吃著凱蒂削的蘋果，消瘦的臉上滿滿都是幸福。

「恢復的狀況算很不錯唷，手術的地方也都沒有太大的問題，才短短一個半月就可以有這麼好的成績，算是很棒的結果喔！」醫生戴著口罩，看著朵依的病歷表說。

「醫生，不好意思，這樣問可能有點唐突，但……請問我什麼時候可以出院？」朵依心急的問，在這一個半月中她經歷了大小各種手術、各種化療、各種復健，她努力做到每天醫生和護士交代自己要做的事，同時也做些不算激烈的運動，努力的吃進各種蔬菜水果，只要能讓她好起來的方法她全部都認真嘗試，可能也是因為有這麼強大的念力在，所以朵依恢復的速度快到都令醫生護士們感到訝異，在他們口中稱之為「奇蹟」。

「按照這個情形，大概再半個月到一個月的恢復期與觀察期，如果狀況都還不錯就可以出院了。」醫生溫柔的看著朵依說，眼前這個病人的求生意志比起過往任何一個病人都還要強大。

彷彿感覺到自己來日不長的朵依，希望可以在最短的時間內離開醫院，她要做的事情實在太多了，她沒辦法一直把時間留給復健，於是半個月之後，在朵依堅強的意志下，辦理了出院手續。

「妳還是要一個星期回來檢查一次，知道嗎？」牽著朵依的手，凱蒂擔心的看著她。

「知道了，我的小公主。」握緊牽著自己的那隻小手，朵依開心的說。

「心臟傳出的溫度可以透過手掌，傳送給牽起自己手的那個人，讓對方心也暖暖的。謝謝你們讓我這段辛苦的日子中，一直都有感受到溫暖。」朵依繼續說。

「可是我們現在是要去哪裡啊？」一出醫院大門，朵依並不是往公車站的方向走去，而是轉向朝另一棟醫院大樓前進。

「我想知道妳這段期間是不是不需要用藥了，看妳都沒在吃藥，也不知道有沒有認真去看醫生，我還是要陪妳去一趟，親自問問醫生我才會放心。」

「妳自己都這樣了，還一直擔心我。」凱蒂的心流過一股暖流，將朵依的手牽得更緊了。

「小姐，參考一下唷！」突然一隻手拿著一張傳單伸到兩人面前，趕時間的朵依並沒有理會發傳單的人，但凱蒂卻接過那張單子後大約的看了一下。

「媽媽，有插花課、書法課跟瑜珈課耶！免費的。」凱蒂說。

「想去上課嗎？」幫凱蒂掛完號在等待的時候，朵依溫柔的問。

「想說我們可以一起去。」凱蒂說。

「那就都報名吧！我看看什麼時候開課。」接過凱蒂手中的傳單，朵依仔細的研究了一會兒。

「全部都上會不會太吃力了？」凱蒂擔心的問。

「沒關係，其實我正想說大家都快要放寒假了，趁機一起來辦個親子活動也不錯，像上次我們去露營那樣，上次沒講完的陽光王子的心意，這次告訴你們，妳覺得好不好？」朵依興奮的說，凱蒂開心的點頭。

「凱蒂妹妹，換妳了唷！」因為太常來報到，加上凱蒂「特別的」個性，所以這裡的醫生護士都知道凱蒂這號人物。

「醫生，妳快告訴我媽媽，我每個禮拜都有很乖的回來複診，狀況也有好轉，她都不相信我啦！」凱蒂一見到醫生就像個孩子一樣嘟嚷著。

「看樣子您恢復得不錯唷，恭喜您。」醫生看見朵依，從凱蒂口中得知她的狀況之後也深表惋惜，如今朵依恢復健康的出現在這裡，有什麼是比病人康復更能讓醫生覺得開心的事呢？

「謝謝醫生。」朵依甜甜的笑容洋溢著，「醫生，請問一下，凱蒂是真的都有乖乖回來看診嗎？狀況也有好轉嗎？這孩子總是讓我很操心，怕她不會自己照顧自己。」

「凱蒂媽媽您放心，凱蒂是個很乖的孩子，每周都有回來複診，而且我今天也要告訴你們一個好消息——」凱蒂可以停止用藥了，複診的時間也只需要一個月回來一次就可以了，狀況如果持續好轉，就可以延後三個月來一次，之後是半年來一次，再接下來是一年一次的追蹤就可以了。」醫生笑著說。

「真的嗎？真的嗎？喔耶！太好了。」比凱蒂還開心的朵依拉著凱蒂的手，對她來說，這個消息比自己痊癒的消息還要來的動聽悅耳。

最後的
禮物

第十二章　希望

「媽媽好久沒有寫信來了。」這天凱蒂在整理房間的時候，整理出親生母親寫給自己的那些信，她不知道該不該丟掉，因為現在對她而言，親生母親好像已經沒有那麼重要了。

「算了，留著好了，反正是媽媽的心意。」凱蒂隨手把那些信整理好，裝進一個盒子裡，放在櫃子的最上方。

「咳咳咳……咳咳咳……」樓下傳來劇烈的咳嗽聲，凱蒂立刻放下自己手上的事，跑到朵依的房間。

「媽咪，妳還好嗎？很不舒服嗎？」拍著朵依的背，凱蒂感到很不安。

最近兩個人幾乎形影不離，凱蒂去學美甲的時候，朵依就在旁邊的教室學插花，兩個人就像好朋友一樣還會互等下課、一起去逛街、一起去看電影，感情就跟之前一樣，不，彷彿變得更好了。

「沒關係啦，可能生病嘛！抵抗力本來就比較弱，可能小感冒，沒關係我吃個藥就好。」朵依虛弱地拉著凱蒂的手說，「幫媽咪倒一杯溫水好嗎？」

「好是好，但妳不要不知道自己症狀就亂吃藥啦！不是感冒吃藥就會好耶！

加上妳又需要回醫院追蹤，這樣下去怎麼可以！我們去一趟醫院好嗎？妳咳好久了耶！」凱蒂擔心的說。

「沒關係，我沒事……咳咳咳……咳咳咳……」

「還說沒事？妳都要把五臟六腑咳出來了。」

「沒關係啦，幫媽咪倒杯水，我休息一下就好。」

在朵依的堅持之下，凱蒂再怎麼擔心也沒有辦法，因為她的恢復狀況十分良好，下次再回醫院複診的時候已經是一個月以後了，凱蒂多希望朵依可以再到醫院去做個檢查，而不是非得等到跟醫生約好的時候才去。

「妳不要亂吃藥喔！喝完這杯水就好好休息。」

「知道啦！不要擔心。」慢慢的啜了幾口後，朵依就沉沉睡去了。

蒼白的臉龐讓凱蒂心中浮起一股不好的預感，但她不願意去面對這樣的感受，她只想要朵依好好的。

但是身體的疼痛是不會騙人的，朵依咳嗽的狀態一天天的加劇，這已經不是小感冒這麼簡單而已，有時候咳一咳還會咳出血，但她總是把那些充滿血絲的衛生紙丟入馬桶裡沖掉，現在家事都是凱蒂在做，要是讓她發現自己咳血，絕對又是一陣強迫回醫院的革命。

可是她知道自己已經沒有太多時間可以浪費在醫療上了，就算要治療也不是以痊癒為目的，而是能延長自己生命好讓她可以為孩子們多做一點什麼。

她提起筆，望著旁邊那一疊從書局買回來的卡片還有信，她不久之前在社群網站上看到一篇文章：知道自己不久於人世的男孩提前準備了女朋友接下來二十年的生日卡片、女朋友之後嫁給別人的賀卡……等等的訊息，這讓她感到很心動。

也許自己現在能做的，就是利用剩下的時間，在三個孩子人生中重要的時刻裡，以卡片的方式祝賀。一筆一劃，朵依寫著自己的真心，她希望就算自己以後不在了，孩子們也還是能夠收到她所準備的心意，她稱之為「最後的禮物」。

「咳咳咳……咳咳咳……」這天，她才剛從房裡走出來，想給自己倒杯水，但撐不下去的身體終於反抗了朵依的意識，胸口一陣劇烈疼痛，換氣換不過來的朵依倒下的同時將桌上的玻璃杯也一起揮灑落地，接著整個人直接倒在地上抽搐。

「媽咪、媽咪，妳怎麼了？」聽到玻璃杯破碎的聲音，凱蒂心中不安的感覺終於爆炸了，她急忙跑下樓，發現正在抽搐的朵依，沒有猶豫地立刻撥打一一九。

救護車來到家門口，迅速且小心的將朵依送往急診室，醫護人員通知了大勝、也在凱蒂的要求下通知了在學校的禹豪和承均。

經過醫護人員初步檢查後，朵依立刻被送去拍攝電腦斷層圖片，前前後後又做了好多檢查，忙進忙出的醫院和自己獨自靜坐在椅子上的凱蒂成了明顯的對比。

「凱蒂！」一個熟悉的聲音在身後響起，接著熟悉的身影繞到自己面前，拍著她的肩蹲下。

「哥、哥哥……」忍住不落下的淚水在看見禹豪之後，終於潰堤。

凱蒂抱著禹豪大哭，淚水浸濕了禹豪的衣服，後者只是什麼話都說不出口，他冥冥之中好像感覺到自己這段期間的不安感也許就要成真了。

「凱蒂、禹豪。」大勝的嗓音讓原本緊張值已經升到最高點的兩兄妹，突然有種遇到救星的感覺。

「大勝叔！」兩兄妹異口同聲的喊著，大勝牽著承均，慢慢地走過來。

「朵依媽咪怎麼了？」承均天真無邪的問。

「有點不舒服，所以醫生叔叔正在幫媽媽檢查，等一下如果看到媽媽，不要抱她抱得太用力，說話也要輕輕說，知道嗎？」禹豪一直以來都把大哥哥的角色扮演得很好，臨危不亂的樣子在弟妹心中一直是個大英雄。

「請問巫朵依的家屬在嗎？」一名護士急忙從急診室跑出來，大勝聽了便帶著孩子應了聲。

「不好意思，你們來之前剛有酒駕出連環車禍的患者被送過來，血庫現在的庫存不太夠。朵依小姐經過檢查後癌細胞擴散了，現在需要輸血，有沒有家屬是AB型呢？」護士急忙地說。

「我！我是AB型！」凱蒂一聽連忙舉手說。

「我也是AB型！」禹豪也搶著說。

「弟弟妹妹，你們都還沒有滿十七歲對不對？」護士看了凱蒂一眼後問。

「嗯，沒有滿十七歲不能捐血嗎？」禹豪問。

「如果你們都有超過四十五公斤，那法定監護人同意就可以唷。」護士耐心的解說著。

「我應該有四十五公斤，但我們都是被領養的，這樣也可以吧？」凱蒂問。

「先幫你們做個檢查才知道，兩位的法定監護人呢？」護士看著兩兄妹問。

「法定監護人應該是朵依媽媽。」禹豪小聲地回答。

「沒關係，去吧！」此時大勝搭著兩人的肩，表示同意。

「請問您是監護人嗎？」護士問。

「對，如果需要補齊資料我之後再補給妳，救人要緊。」大勝語重心長地說。

「好，那弟弟妹妹你們先跟我來唷！」護士帶著凱蒂和禹豪，走到另一個小房間準備抽血。

兩個人都沒有體重過輕的問題、跟朵依的血液也沒有出現排斥，所以很快就抽完血，到一旁休息了。

就這樣在醫院裡折騰了好一段時間，醫生從手術房裡出來找了大勝談話，但是孩子們還是有眼力的，從醫生和大勝的表情，就能知道結果大概是好是壞。

「大勝叔，媽媽的狀況不好嗎？」禹豪問。

「嗯，你們接下來要好好陪著她。」大勝雖然壓抑著自己難過的心情，但從語氣上還是聽得出些許端倪。

病房裡的沉默讓周圍除了朵依的心跳儀嗶嗶嗶的響著之外，孩子們內心都各自想著自己的事，大勝看著朵依很是煎熬，他不知道該怎麼辦，但唯一可以確定的是孩子們未來的去向，還有那些朵依拜託過他的事。

「禹豪，你先帶著弟弟妹妹去吃點東西吧，這裡我來顧就好。」大勝拿了錢遞給禹豪，後者懂事得看出大勝的心意，點點頭，帶著凱蒂和承均離開病房。

才一踏出病房沒多久，朵依就緩緩睜開眼睛。

「感覺好點了嗎？」大勝問，而朵依只是眨了幾下眼睛後，點點頭。

「醫生說，妳的狀況不太好，癌細胞擴散的速度太快，加上妳有點感冒，抵抗力也變差了，他們沒想到會發生這種情況。」

「哥……」朵依虛弱的喊著大勝。

「妳現在如果沒力氣就好好休息，等妳恢復元氣之後，我們再來說，不要擔心，一切有我在呢！」大勝的一番話讓朵依安心的再度閉上眼睛睡過去。

有什麼是能夠比「一切有我在呢」更能讓人安心的話呢？

朵依這次入院的狀況並不像上次一樣樂觀，她的身體一天比一天虛弱，接下來的日子都在痛苦的化療跟用藥的副作用之下生存，但是她知道自己一定要忍下來，唯有這樣才能爭取更多時間跟孩子們在一起，縱使她知道自己時日不多，必須要隨時做好離世的準備。

「朵依小姐，您真的很勇敢，我來這裡工作的時間不算長，但第一次遇到像您一樣堅強的病人。」這天，一位護士先生來幫朵依做基礎尋房檢查，看見朵依的意識清楚，就跟她聊兩句。

「你來多久了呢？」朵依坐躺在病床上，柔和的問。

「半年了，每天都很忙，有時候看見病人心情低落，其實我們的心情也會被影響。」護士先生說。

「所以我要帶給你們一些歡樂呀！雖然我沒辦法做一些很劇烈的動作，可是我很感謝有你們在病人身邊隨時牽掛著，這份工作不是一份很輕鬆的工作，但你們都很棒、都能把這些工作做得好的！」朵依看著眼前最多不到三十歲的年輕男護士說。

「您真的好勇敢，護理站的同仁都好喜歡您呢。」

「呵呵，不勇敢怎麼行呢？我要給我的孩子們留下最正面的態度，雖然他們之後一定免不了傷心難過一段時間，我太了解失去的痛苦。」垂下眼睫，朵依無奈的嘆口氣說。

過去都是她在失去，所以她太了解那種親人離開自己身邊的感受，雖然不希望孩子們也經歷這些，但畢竟生老病死是自己不能掌控的事，只能多教育他們遇到了就要勇敢面對。

禹豪和承均因為分別報名了比賽，所以大部分的時間都得待在學校或是練習室練習，但只要一結束訓練，禹豪都會騎腳踏車來到醫院陪朵依，承均也學會自己坐公車到醫院，兩個人為了要讓朵依心情好，都會跟朵依說學校發生的有趣事情以及跟朋友之間的有趣對話。

凱蒂則打算在寒假結束之後回到學校上課，所以目前她是唯一一個可以從早陪著朵依到晚的孩子，兩人也因為這樣而變得更親密，不只形影不離，就連睡覺的時候，凱蒂都要爬到朵依的床上一起睡。

❀

這天，剛好三個孩子還有大勝都在，朵依做了一個決定。

「孩子們，我們一起去看日出好嗎？」朵依緩緩的說。

「日出？要去哪裡看？」承均問。

「我們去海邊看吧！」朵依笑著回答。

「不行！現在一月耶！外面這麼冷，又去海邊吹海風，妳要想一下自己的身體狀況啊！」大勝聽了之後立刻持反對意見，他不要妹妹冒著個險。

「那我們就開車去呀！在車裡看就不會吹到風了。」朵依不甘示弱的回答。

「朵依小姐想去看日出也不是不行唷！」巡房的主治醫生碰巧聽見了病房裡的對話，走進來說。

「真的嗎?醫生，我真的可以跟孩子們去看日出嗎?」朵依興奮的眼睛都亮了。

「您必須只能待在車上，而且要穿得很保暖，也需要請專業看護人員陪在身旁，而且一看完日出必須立刻回來醫院，如果您都可以做到這些條件，那我就讓您跟孩子們去看日出。」醫生溫柔的說。

「好，我答應你，具體情況我會請我哥哥幫忙跟你們做協商。」朵依開心的說，大勝看了醫生一眼，彷彿互相理解朵依現在的狀況，所以也不再多說什麼了。

一月的海邊很冷、風很大，一台黑色的保母車緩緩駛入在網路上評價最好的看日出地點，把自己包得像粽子的朵依花了不少費用請了兩名專業的看護人員與醫護人員，在他們的評估與照看之下，三個孩子和大勝也陪著她一起前往海邊。

「孩子們，對不起呀!這不是新年的日出，也只能待在車上看。」外面黑壓壓的天空與時不時傳來的浪花聲，讓朵依的內心突然湧上很多情緒。

她想起了過去的丈夫們、想起了已逝的雙親，現在好像是輪到自己的感覺。

「只要可以跟妳在一起，看哪一天的日出都沒有關係。」凱蒂緊緊的牽著朵依的手，她覺得自己有一種想哭的衝動。

「媽媽，我們很珍惜現在跟妳在一起的每個時刻，所以不管是哪一天的日出、在哪裡看，我們都不會介意的。」禹豪懂事的說。

天漸漸地露出魚肚白，視野也越來越清晰，地平線上漸漸地露出一顆紅紅的、圓圓的星體。

「看！太陽出來了！在那裡！」承均興奮地指著某個方向喊叫著。

大家順著他所指的方向望去，柔和不刺眼的陽光就在升起地平線的瞬間，照射大地萬物。

「我們來許願吧！太陽國王和陽光王子會幫我們實現願望的！」朵依緩緩地閉上雙眼，雙手在胸前合成十，虔心誠意的許下自己的願望。

日出，一直以來都代表著希望，新的一天開始了，人們又重新獲得活力可以好好努力；日出，一直以來都代表一種正向，只要好好活著，上天都會公平地給每個人新的一天可以重新來過。

最後的
禮物

第十三章　必須接受的事實

她知道這次看日出是最後一趟和孩子們一起的出遊，儘管多麼不捨、多麼遺憾，她還是想要告訴孩子們：只要心夠堅強，沒有什麼事情是過不去的。

凱蒂和承均抱著朵依一直哭，他們不知道為什麼，有一種「朵依就要離開」的感覺。

「如果有一天，你們發現媽媽閉上眼睛後就再也沒醒來的話，不要太難過，因為人終究會離開這個世界到天上去，如果你們想我，就抬頭看著天空，飄過的雲、吹過的風、閃耀的星星都是我在天上有過得好的證明，雖然不能一直陪在你們身邊，但是我永遠都會在天上守著你們。」朵依輕輕地拍著哭成淚人兒的凱蒂和承均，坐在一旁的禹豪也快速的把眼淚擦掉。

「妳不會死，我們去醫院治療就是要讓妳不會死，不要講這種話！」凱蒂激動的說。

「凱蒂，人都會死，醫院只負責將不嚴重的疾病治癒，並不是每一個病人送到醫院都可以健康的出來，我要告訴你們面對死亡要勇敢，我也是因為你們才有這麼勇敢的表現。」朵依眼中散發出慈母的光芒，多虧這些孩子，她終於知道自己的母親在照顧她和大勝時的感受了。

母愛的偉大，不會因為親生或收養而有所改變；愛，就是這麼偉大、這麼不分你我。

看完日出後回到醫院繼續接受治療的朵依感覺更加虛弱了，醫院裡醫生護士來來回回好多趟，化療也一直不停的在做，但她心裡明白也許再過不久，自己也要到天上去跟爸媽還有丈夫們相見了。

她能爭取的就只有在剩下的時間內，能為孩子們做多少算多少。

這天，她將孩子們都叫到床前，她要把放在心裡很久的祕密都告訴他們。

「我不知道自己還剩下多久，你們也必須要學會接受『人都會離開這世上』的事實，所以我想告訴你們一件關於我、關於大勝叔，還有你們親生母親的事實。」朵依緩緩的說，孩子們只是靜靜的聽。

「妹，妳確定現在就要說嗎？」大勝不安的看著朵依，最近孩子們因為害怕失去朵依都很黏她、很依賴她，萬一說出那些事，孩子們會不會又承受不了呢？

「我想過了，如果不是從我這裡說出口，那之後他們再從別的地方得知的話，也許會更沒辦法接受吧，畢竟連他們相信的我都瞞著他們。」朵依心意已決的說。

「媽媽妳說吧，不管什麼事情，我們三兄妹都能夠互相扶持對方，都可以接受的。」禹豪的一番話讓朵依瞬間放心不少。

他們三兄妹有著比同齡孩子更早熟的心態，也許環境使然，也許個性使然，他們成熟的心態——尤其是禹豪，總是可以讓朵依感到很放心。

「我想要先說關於你們親生媽媽的事。」朵依緩緩的說，她盡量壓抑著自己激動的情緒，因為語氣也是會影響聽的人的情緒。

「還記得你們剛住進我家不久的時候，有一次凱蒂接到了家扶中心的電話，說要討論有關生母的事情，那時候我卻跟凱蒂說妳聽錯了，然後什麼話都不告訴你們。」朵依說。

「所以那時候真的是要講關於媽媽的事嗎？」凱蒂沒有太多情緒的問。

「嗯，警察找到了你們的生母，通報社工局，然後他們才連絡我。」朵依說。

「那媽媽現在在哪裡呢？」禹豪緊張的問。

而大勝則是從包包裡拿出一張名片遞給孩子們，「這裡是你們母親安葬的地方。」他說。

「安……安葬？」禹豪不可置信地看著大勝。

「你們的母親是在河邊被發現的，不知道是自殺還是不小心失足，被民眾發現的時候已經沒有生命跡象了。」朵依說。

「為什麼現在才說？」凱蒂依然沒有太多情緒的問。

「我不是故意隱瞞，而是怕你們接受不了，但是現在說的原因是希望你們之後也可以去祭拜她，告訴你們的母親，現在的你們過得如何。」朵依說。

「那信？」承均突然想到，如果親生媽媽早就過世的話，那信是誰寫的呢？為什麼還有從美國寄來的郵戳？

「是我寫的，我把草稿寫好之後，再用網路將信的內容傳給我在美國的大嫂，請她幫忙寫好之後寄回來。」朵依說。

「難怪，我才在想怎麼媽媽會突然支持我玩音樂，她以前都叫我要好好讀書，才不會枉費爸爸這麼辛苦賺錢讓我看醫生……她以前超級討厭我跟她講到音樂。」承均恍然大悟的說。

「所以媽媽才突然變得不強迫我讀醫科！而是支持我成為運動員……我才覺得奇怪，怎麼以前這麼堅持要讓我讀醫校的媽媽有了這麼大的轉變，我以為是媽媽到美國去之後想法改變了，沒想到……」禹豪也想起了媽媽前後的不同而感到驚訝。

「對不起，因為我不知道你們的媽媽不允許承均玩音樂，我也不知道她希望禹豪去念醫科，我只希望你們來到我身邊都可以適性發展，做你們喜歡的事情總比強迫你們去讀名門名校好很多。」朵依說出自己的想法，她也是從小就被媽媽教育要適性發展的孩子，看著身旁的同學有的犧牲童年時光，一周七天每天都在補習不同科目，甚至學校放假回到家也沒辦法放鬆。

她不希望自己的孩子也變成讀書機器，所以才會讓他們去做自己喜歡的事，而且為了不讓孩子走偏還跟他們約法三章、教他們堅持。

「所以妳才會把那封信放在抽屜裡?那是草稿?」凱蒂突然想到她第一次誤會朵依，就是因為在朵依抽屜裡發現媽媽寫給自己的信。

說。

「被妳發現了啊！我還想說那封信怎麼會莫名其妙就不見了呢！」朵依笑著

「我當初太生氣了，完全沒想到如果從國外寄回來的信怎麼可能一點摺痕都沒有，也沒有注意到筆跡的不同。」凱蒂懊悔地說，她對於自己當初誤會朵依的事情感到很抱歉。

「你們年紀都還小，是不可能會發現筆跡有什麼差異的，只要收到媽媽的信，你們就會很開心，這也是為什麼我一直堅持要寫信的原因，那是支持你們繼續往下走的動力之一。」朵依說。

「所以原本對我百依百順的媽媽突然要求我學著長大，還有在妳住院之後，媽媽就沒有寫信來了，原來這些都是……」凱蒂驚訝的看著朵依，她沒想到眼前的這個養母為了自己竟然可以做到這種程度。

「我並不想取代你們的母親在你們心中的地位，但我也是第一次遇到這樣的事情，不知道怎麼處理最好，為了讓你們更認真的去面對人生所以才用這樣的方式，你們可以原諒我嗎？原諒我的隱瞞、原諒我的擅自作主。」朵依溫柔地看著眼前三個驚訝的孩子們，勉強擠出一點笑容。

「這談不上什麼好或不好，原諒或不原諒。」凱蒂看起來並沒有很驚訝，她只是平淡的對朵依說。

「對啊！朵依媽咪，我們不會因為妳不告訴我們這些事情就討厭妳。」承均在一旁握著朵依的手說。

「妳已經是我們的家人了，家人就是不會互相計較、然後互相扶持繼續生活下去的人。」凱蒂輕描淡寫地說出這些話的時候，費了好大的勁才壓住自己想哭的情緒。

「你們真的不怪我嗎？」朵依睜大眼睛問。

「媽媽，我們為什麼要怪妳？妳讓我們朝著自己喜歡的方向去發展，不管我們做什麼妳都全力支持，在我們最失落難過的時候給我們很好的環境，妳是我們的恩人，我們為什麼要怪妳？」禹豪也牽著朵依的手說。

她沒有想到孩子們這麼懂事，一陣鼻酸後，喜極而泣。

「妳哭的話我們也會想哭啦！」偷偷擦掉眼淚的凱蒂對朵依說，並投以大大的微笑。

「還有一件事就是，因為我患了癌症的關係，所以社工局那邊沒辦法讓我領養你們，我並不是你們法定上的母親。」朵依皺著眉頭說。

「咦？」三個孩子驚訝的看著朵依。

「大勝哥才是真正領養你們的人，他的妻子、我的大嫂也才是你們法定上的養母，大勝哥是為了幫我圓一個夢，所以才這麼做，這段時間真的很謝謝你們陪在我身邊。」朵依說完自己也開始默默的把眼淚擦掉。

禹豪和凱蒂聽完之後只有沉默，他們小小的腦中正在吸收這兩件讓他們足以驚訝好久的事，但是現在朵依的狀況不允許他們慢慢思考，他們需要用最短的時間內去消化這些事，然後就算心裡有太多漣漪，也不可以在朵依面前顯現。

「對不起，我隱瞞了你們那麼久。」朵依看見兩個大孩子都不說話，承均也跟著哥哥姊姊沉默的樣子，心裡其實很難受。

「你們願意原諒我嗎？」朵依輕聲地問，她知道就算孩子就此不原諒她也不能說什麼。

「朵依媽咪不要走！」承均趴在朵依的身旁，兩顆水汪汪的大眼睛就這樣盯著她看，他其實聽不懂生母養母、法定關係領養等等之類的話，他只知道自己好愛好愛她，因為她給他的愛是以前從來沒有接收過的情感。

「朵依媽媽，妳對我們的養育之恩我們絕對不會忘記，不管是親生媽媽的事，或是領養人的事，都比不上妳對我們付出的那顆真心還要來的真實，所以妳也不要太自責，我們沒事的，妳現在要做的就是好好的養身體，恢復健康之後還要帶著我們一起出去玩，妳還要來看我跟承均的比賽。」禹豪已經講不下去了，他上次偷聽到醫生跟護士的對話，知道朵依再過不久就會離開。

「你們……」朵依情緒激動的看著眼前這兩個男孩，自己是上輩子燒了什麼好香，所以這輩子才能遇見這樣的天使。

「媽。」凱蒂輕輕地喊了一聲，朵依立刻看向一直不發一語的她，其實自己最擔心的也是這個小女孩，有了過去的經驗，她不知道自己會不會再度失去凱蒂這個貼心的孩子。

「就算……」凱蒂接著繼續講，「妳只是形式上的母親，也已經做得比生母和養母還要稱職很多，所以不要太自責，妳永遠都是我們的媽媽，就算沒有血緣關係也沒有法定關係，那又怎麼樣？我愛妳，我也很需要妳，所以……所以……」凱蒂低著頭，握緊雙拳，語帶哽咽的說。

「凱蒂。」朵依恨不得一把將她拉入懷裡擁抱，但虛弱的她並沒有這麼大的力氣可以這麼做。

站在一旁的禹豪也是拍著妹妹的肩膀，他知道凱蒂有時候只是嘴硬，但其實心腸很柔軟。

「所以妳要給我好起來！一定要給我好起來！知道嗎？」凱蒂突然抬起頭對著朵依大喊，後者著實嚇了一跳。

只見凱蒂一把眼淚一把鼻涕，完全不在乎自己的形象，倔強的心也在這個時候全都化為烏有。

「我還沒有痊癒，我還沒有康復，妳要好起來然後帶我去看醫生，陪我治療，妳也有責任要好好照顧我！所以……所以……」凱蒂已經講不下去了，禹豪將她擁入懷中，任憑她壓抑或發洩自己。

「凱蒂，對不起，對不起……」朵依欣慰的伸出雙手，她想要好好的抱一抱這三個小天使，能有他們作伴，朵依真的此生無憾。

「如果覺得抱歉，就要好起來！」輕柔的抱著朵依，凱蒂根本不敢想像未來沒有朵依支持自己的話會是什麼樣子。

「媽咪，妳不要死掉。」承均看著凱蒂在朵依懷裡哭成淚人兒，自己也跟著撲入她懷裡，他其實是個很堅強的孩子，在只有小學的年紀就經歷了與親生父母的分離，現在好不容易有一個疼愛自己的母親，小兒麻痺症也一直在治療中，但卻是這樣的結局。

大勝在一旁也被這樣的場面感動得流下男兒淚，自己的妹妹這輩子沒有享過什麼福，一直都處在跟親人的離別傷痛中，能讓她遇見這三個孩子，真的是上天憐憫、上天保佑啊！

「答應我妳會好起來。」凱蒂難過的哭著說，但朵依卻什麼約定也不能做，只是輕輕地投以微笑並拍著她的背說，「一切都會好轉的、一切都會好起來的，沒事的，沒事的……」

第十四章　無法實現的心願

「媽，國際高中鐵人三項比賽的時間訂在三月一號，妳要在那之前好起來，然後來看我比賽唷！」這天，禹豪從學校結束訓練後就直接來到醫院，一進病房就立刻對朵依說今天教練宣布的事。

「三月一號呀？好啊！我會快點好起來的！然後去看你在場上英勇認真的樣子。」朵依接過凱蒂削好的水果，一口一口慢慢咬著。

「可是承均的世界小提琴比賽不是也在三月一號嗎？」凱蒂突然想起昨天承均也才剛說自己的比賽時間是三月一號，跟禹豪一樣也要朵依去看自己比賽。

「對耶！這樣我只能去看一場了怎麼辦？」朵依苦笑著。

「蛤，這樣就不能來看我比賽了嗎？」禹豪語帶失落地說。

「兩邊都不要去不就好了，你們也不想想看到時候媽媽的身體狀況，還要這樣跑兩邊，精神上給你們支持就好了啦！」凱蒂不屑地看著自己的哥哥，後者把眼睛瞇成一條線，無言地望向自己的妹妹。

這段時間，凱蒂的確成長很多，沒有國中女孩的幼稚，反而更像是一個心智成熟的女性。

「也對，這樣對媽來說太吃力了！我們都會努力練習的，所以媽媽妳就好好休息，不要東想西想，我們一定會拿好成績回來。」禹豪充滿信心的說。

「沒有好成績也沒關係，只要你們有享受整個比賽的過程，那就算沒有得名也沒有關係，對你們來說，辛苦練習的結果並不是得到比賽的名次，而是享受整個競爭過程的刺激和喜悅，懂嗎？」朵依趁這個機會好好的給禹豪一次機會教育。

就像當初約法三章的時候說的一樣，運動場上沒有所謂勝者或敗者，只要好好享受過程、沒有對不起自己良心，那成績就一定不會太差，也就不會對成績有那麼大的得失心。

「哥，你是不是還沒吃飯啊？」給了禹豪一個眼色，凱蒂小心翼翼的問。

「喔……喔！對啊，噢！肚子好餓喔，妹妳陪我去吃點東西。」禹豪放下練習的包包後，回應了凱蒂的眼色。

「媽咪，我們很快就回來了，妳先好好休息，晚點承均和大勝叔都會來。」凱蒂說。

「好，你們慢慢吃沒關係，我也趁機睡一下，最近都覺得很疲勞，總是很想睡。」朵依說。

兄妹兩人將病房稍微整理一下之後就一起走到醫院的附設便利商店。

「有什麼話想跟我說嗎？」禹豪一坐下就開門見山的問。

「最近朵依媽咪的身體越來越虛弱的樣子。以前能一次吃完半顆蘋果，現在只吃一小塊就不吃了，臉色也越來越蒼白，怎麼辦？」凱蒂不安的搓著自己的雙手。

「醫生怎麼說？」禹豪問。

「醫生怎麼會跟我說？要說也是跟大勝叔說，但大勝叔一定不會跟我們說醫生講什麼，就算講也是輕描淡寫帶過而已。」凱蒂悻悻然地說。

「先不要想太多，媽媽會好起來的。」說是這麼說，禹豪自己知道這句話講的很心虛，他還沒辦法告訴凱蒂，醫生和護士都覺得媽媽不會好起來的事實。

「嗯，每天陪在媽媽身邊做治療，我都覺得她好辛苦、好痛的感覺，可是她卻一滴淚都沒掉，咬牙撐過所有治療，有時候也會有一種『幹嘛不讓她解脫』的想法，但這樣想好像又很自私，明明我就不是她，哥，我這樣是不是很壞啊？」凱蒂皺著眉頭把自己的心情全都告訴禹豪。

「只要妳有好好的陪在媽媽身邊就好，其他的就不要想了，因為想了也不會有結果。」禹豪說。

「嗯，好啦我知道了。」凱蒂雖然這麼說，但還是很不安，她總是很擔心朵依這次閉上眼睛之後，會不會就這樣不醒來，或是當她閉上眼再張開之後，朵依就離開了。

人會害怕未知是因為無法掌握，但如果能掌握，又怎麼能稱為「未知」呢？

「凱蒂，妳之後有沒有想要從事什麼樣的行業呢？」這天朵依終於鼓起勇氣問了凱蒂這個放在自己心中很久的問題，以前不敢問是因為跟凱蒂關係不算好，現在有這個機會，朵依希望自己可以幫凱蒂完成自己的夢想，至少可以讓她少走一點冤枉路。

「最近有萌生想去米蘭參加時裝周的想法，但其實更想要成為美甲設計師，做一些跟設計還有美學相關的工作。」凱蒂一邊翻著書一邊說。

「媽媽有一個朋友在美國是珠寶設計師，她曾經說過『寶石的珍貴不在價錢，而是在人們賦予它的特殊意義。』也就是因為有這樣的想法，所以她所設計出來的寶石相關設計都賣得很好。」朵依說。

「嗯，那個阿姨說的也沒錯，我想要做出的美甲不只是有圖案的美麗，還想要把每一種圖案、每一種色彩的拼湊都賦予特殊意義。」凱蒂說。

「不是阿姨唷！是叔叔。」朵依笑著說。

「那位設計師是男生呀？」凱蒂驚訝的看著朵依問。

「沒有任何一種行業是只能由男生或女生去完成的，就像我之前教妳的，如果因為性別而不去嘗試自己喜歡的事的話，那人生未免也太可惜了，不是嗎？」朵依笑笑地對眼前這個小女孩說，後者則是點點頭表示同意。

時間在不停的化療、手術中流逝了，禹豪和承均為了不對不起自己的努力，每天都很認真在訓練，凱蒂則是有空就會翻一下時尚雜誌和設計美學等等之類的書籍，然後大部分時間還是陪著朵依。

終於在比賽的前一天晚上，禹豪的教練和承均的指導老師都讓他們提早回家好好休息，養精蓄銳明天好好上戰場。

也就在今天，主治醫生來到病房裡，為了明天最後一次的手術做解說。

為什麼是最後一次呢？因為朵依的身體已經虛弱到沒辦法再接受任何一次的治療，如同脆化的木頭一樣，一碰就會碎。

但她還是很堅持要繼續治療，因為她相信多治療一次，時間就能夠再往後多延長一點，她也就能夠跟孩子們再多一點相處的時間。

「朵依小姐，您確定明天的手術真的要進行嗎？」主治醫生拿著一份同意書來到病房。

早在十分鐘前，朵依就讓禹豪帶著弟妹回家去整理一些行李，並讓他們吃飽再回來病房。

「是的，我要接受治療。」朵依堅定的語氣讓醫生倒抽一口氣。

「但您知道明天的成功率只有百分之二嗎？」醫生說。

「是的，我明白，但如果明天不做手術，我隨時都有可能離開，如果做了手術，至少我還有百分之二的機會可以再延長一點我的生命。」朵依知道自己很傻，但她就是沒辦法不去相信那只有一點點的希望。

「這是手術同意書，因為風險很大，所以如果明天手術不成功的話，醫院方面會需要妳們簽署這份同意書，對不起，這是為了醫院好。」主治醫生很難過的向朵依和大勝遞過一份同意書。

「妹，妳確定要簽嗎？」大勝不捨的問。

「這段日子辛苦你們大家了，如果我明天幸運的活下來的話，我會更珍惜你們幫我延長的生命，但如果明天就這樣離開了，也很感謝這段時間費心在我身上的醫護人員還有我的家人，尤其是孩子們，我能做的就只有這麼多了，雖然還想要再繼續多做些什麼。呵呵。」朵依一邊說一邊簽下自己的名字，她希望萬一自己在手術台上過世的話，可以把身體還健康的器官捐贈出去，並同時簽署不會將責任怪罪給醫院的同意書。

大勝看著妹妹這麼堅持，他也不想再多說什麼了，妹妹的個性他自然是知道，如果硬是不同意她所做的決定只會讓她更生氣，都到這個節骨眼了，他也只能順著她了。

「明天我們一定會盡全力，也請您要加油！」主治醫生收回同意書之後，感慨的離開了。

就在醫生離開不久，孩子們都回來了。

「媽咪，妳明天要做手術，護士有來說過幾點嗎？」禹豪一進門就放下行李來到朵依身邊問。

「明天下午兩點，剛剛醫生親自來說過了。」朵依笑著說。

「手術會成功的，對吧！」凱蒂也依偎著朵依問。

「當然！醫生說手術失敗率只有百分之二呢！你們明天就專心去比賽，凱蒂去承均的比賽現場，幫媽咪錄影回來，哥你就去禹豪的比賽場地上替他加油，也幫我錄影。」朵依說。

「妳……」看出妹妹的心思，大勝難過又帶點情緒的想罵她，卻因為孩子們在場而作罷。

「放心啦！你們看看我今天精神這麼好，明天手術也一定會很順利的，只是沒辦法到場替你們加油有點可惜，所以凱蒂跟哥哥，你們一定要好好的幫我錄完影回來讓我看喔！」朵依摸著承均的頭說。

「好！我一定會拿金牌回來，妳要等我們唷！」禹豪自信滿滿的說。

「我也是！我也是！我也會拿第一名回來的！」氣勢上完全不輸哥哥的承均也這麼說。

「我最大的心願就是可以看見你們享受比賽的過程，去揮灑你們的青春吧！孩子們。」朵依說。

「那我們先來想明天要吃什麼當作慶功吧！」凱蒂話鋒一轉，承均也跟著附和。

「炸雞！」凱蒂說。

「牛排！」承均說。

「義大利麵！」大勝說。

「披薩！」禹豪說。

「吃什麼都好，只要你們喜歡，都可以！」朵依笑得很開心，孩子們天真的笑容，讓他們再也不要為了生活而煩惱就是她最大的願望。

這天晚上的病房傳出好久都沒聽到的嘻笑聲，連來巡房的護士和醫生們都被感染了這股愉悅，他們一方面替朵依感到難過，一方面卻又祈禱著明天的手術可以順利。

❀

三月一日，是個風光明媚的好日子，涼涼的微風和不刺眼卻很溫暖的太陽，正適合禹豪在運動場上揮汗奔跑。從早上八點開始，病房裡的電視就轉播著青少年國際錦標賽的相關報導。

三月一日，是個風光旖旎的好天氣，舒服的氣溫和令人心曠神怡的春季，正適合承均在演奏大廳上盡情拉奏小提琴。從早上九點開始，病房裡的另一台電視就轉播著國際小提琴比賽的相關新聞。

三月一日，也是朵依迎來人生轉變的轉捩點。

一大早，凱蒂和大勝就分別跟承均和禹豪一起前往比賽場地，出發前大家都互相擁抱了朵依，一方面是給予朵依手術的勇氣，一方面也接收了朵依給自己的加油鼓勵。

「你們可要好好的幫我錄下來唷！要好好的幫我支持他們！」朵依交代凱蒂和大勝，絕對不可以漏掉任何一個承均和禹豪的瞬間。

「承均跟禹豪，對不起，我沒辦法去看你們比賽，但我相信你們一定可以做得很棒！記得：享受比賽的過程就好，結局只要你們對自己負責了、盡力了就可以，不要給自己太多壓力，盡情的去釋放你們內心的小宇宙吧！」朵依跟兩兄弟擊掌之後，給予他們自己最大的支持。

「朵依媽媽，妳也要加油喔！努力撐過這次手術，在病房裏面有元氣的等我們回來！」禹豪說。

「對！我們還要一起吃炸雞、牛排、披薩和義大利麵！」承均也跟著說。

「你就只想到吃。」凱蒂將手環在弟弟的肩膀上，開心的說。

多虧了承均，大家緊張的氣氛也在瞬間瓦解了。

「好了，快出門吧！不要遲到了。路上要小心吶！」朵依催促著孩子們，自己內心的不捨與祝福也在這個時候滿漲到最高點。

「加油。」大勝將手放在朵依的肩上，他知道現在不管說什麼、做什麼都沒有用，只希望上天能夠憐憫自己的妹妹，再讓她有多一點時間留下來……至少要與孩子們分享賽事的喜悅呀！

將自己的手搭在哥哥的手上，朵依除了微笑之外什麼也沒說，對於這麼疼自己的哥哥，除了感謝之外就是抱歉，但她什麼都不用說，大勝自然就會知道。

目送他們離開病房後的朵依，也開始做好心理準備以及最後的收尾動作，如果今天真的回不來，那她希望這三個孩子能在往後的日子裡，遇到困難或是不順心的事情時，她能以另外一種身分陪在他們身邊。

最後的
禮物

第十五章　最後的禮物

民國一百一十七年，春天。

這是一個萬物甦醒的日子、是一年四季的開始、也是世界充滿生命力的源頭。

但是，無論是哪一個季節，總會有一些令人歡喜或感動的消息與故事，每天輪番上陣。

「我今天是不是很漂亮？」這是一個成熟卻帶點熟悉的嗓音。

「如果今天妳也在就好了。」說話者身穿一襲白紗，手中拿著一張看起來有十幾年歷史的照片。

「哥哥跟弟弟都在趕來的路上了，多希望讓妳也看到今天這樣的場面。」戴著白色的手套，說話的女子將照片收進皮夾裡，今天是她的好日子。

外面宴會廳傳來各種吵雜的聲音。叩叩叩！休息室外頭響起清脆的敲門聲。

「請進。」女子有禮的回應。

「我們的小公主。」身穿深藍色燕尾服的男子走入休息室，緊繃的肌肉將一席禮服撐的有點緊。

「下次比賽是什麼時候啊？」女子輕聲問。

「秋季了，但現在就要開始進行訓練。蜜月有決定要去哪裡了嗎？」男子說。

「一個月的環歐之旅。」女子回。

「哇！好有錢啊！」不等燕尾服男子回應，休息室的門就被打開了，穿著一身大紅色戴著亮片的西裝，打扮有形的男子也加入了兩人的話題。

「你今天也太閃爍了吧？我才是今天主場耶！」女子看見那一堆快閃瞎自己的亮片，皺起眉頭說。

「也不想想今天的音樂是誰幫妳做的？歌手是看在誰的面子上才來的？」調皮的語調讓一旁的男子女子都要把白眼翻到後腦勺去了。

「大勝叔呢？」紅衣男子問。

「在另一間休息室，跟伯母還有善雅都在。」女子說。

「欸欸，距離開場還有一段時間，要不要去那裡？」燕尾服男子說道。

「好啊好啊！反正也不遠，哥你開車喔！」紅衣男子說。

就這樣三個人偷偷的從後門離開，前往他們的「祕密基地」。

那是一個很莊嚴的墓地，在今天這樣的好日子裡，是不會有人來的。

三個人很熟練的就找到他們的目標，各自拿了一束香水百合走過去並放在黑色的墓碑前。「雖然已經來打過招呼了，但想一想還是再來一次比較安心。」穿婚紗的女子說。

「媽媽，妳說的對，在夢想這條路上的確需要很多的堅持和不放棄，我們一路走來也算是苦盡甘來了，希望祢在天上能夠繼續保佑我們有更多勇氣去面對未來。」燕尾服男子說。

「媽媽，我已經成為音樂界裡最年輕的創作者了！寫歌、寫詞、當音樂界的評審都難不倒我，但還是好希望妳可以在我身邊，這樣就可以跟我一起唱歌了。」紅衣男子說。

「媽媽，今天結完婚，我就要飛到歐洲去參加世界級的美甲展順便度蜜月，謝謝妳當初不計一切代價都要送我到美國學習的心。」白婚紗女子說。

「媽媽，雖然我的運動生涯已經在受傷之後宣告退休，但現在已培訓新血為主要工作，我覺得這樣也很好。謝謝妳一路上的支持跟鼓勵，我才能走到現在這個樣子。」燕尾服男子說。

「好了，我們也該回去了，我老公應該等急了。媽，我們下次再來看妳唷！」女子露出幸福的微笑，便與另外兩個男子一同離開了墓地。

身後黑色墓碑上貼著一張女子的照片，笑得很燦爛、很開心，墓碑前放了三面金牌：

「2013年　國際小提琴大賽　第一名　宋承均」

「2013年　青少年國際高中鐵人三項比賽　第一名　宋禹豪」

「2017年　世界美甲青少年組　第一名　宋凱蒂」

三人急忙的回到婚宴現場，發現一個正著急在等待他們的身影。

「大勝叔！」三人異口同聲的喊著。

「唉唷，你們跑去哪裡了？婚禮都要開始了。」催促著孩子們就位的男子臉上布滿歲月的洗禮。

隨著大家各就各位，結婚典禮也在音樂與主持人的陪伴下進行著。

「現在有請新娘的父親上台為我們致詞。」主持人將麥克風交出去，識相的退到一旁等候。

「大家好，我是巫大勝。感謝大家來參加我女兒凱蒂的婚禮，這裡有一封信，是她當年的養母過世之前留下來的，凱蒂的成長過程中我並沒有什麼參與，反而都是她的媽媽一手打理好她的生活，現在是時候了，我要把這封信在婚禮上代替她的媽媽念出來。」大勝從口袋中掏出一封信，粉色的花紋、白色的信封，一筆一劃慢慢寫的字。

「媽媽總是不停的給我們驚喜呢。」眼角濕潤的凱蒂對著旁邊的哥哥說。

「每年的生日、學校的畢業典禮、公司的就職典禮等等，她沒有一次缺席。」禹豪欣慰的看著自己的妹妹。雖然凱蒂不是朵依親生，但就在她的臉上看見了她的影子。

親愛的凱蒂：

請原諒我沒辦法在妳人生中最閃亮的時刻陪著妳，雖然我不是一路陪著妳成長，但是謝謝妳願意給我機會出現在妳的生命裡。你們三個孩子是上天給我最珍貴的禮物，感謝你們願意來到我的家。時間會帶著你們慢慢的走、慢慢的體會很多事。每個人都有面臨人生新起點的時候，如果在這些時候妳的身邊有人可以給妳依靠和溫暖，就可以無所畏懼往前衝了。人生要慢慢的體會、慢慢的看，去享受每一個活在當下的時刻，世界越快、心要慢，然後找到對妳來說最有價值、最有意義的人生。祝福妳，新婚快樂。

愛妳的媽媽　朵依

語畢，婚宴會場燈光一暗，大勝背後的投影機開始轉動，裡面出現了朵依的身影。

「媽媽？」凱蒂一愣，那正是自己看見媽媽的模樣呀！

「凱蒂。」影片中的朵依看著鏡頭，喊了一聲。

「媽……」凱蒂此時已經無法克制自己的淚水，兩行眼淚直接滑過臉頰滴在婚紗上。

「凱蒂啊，今天是妳的大喜之日，媽媽很想要到現場去恭喜妳，但我只能在天上給妳一次又一次的祝福，希望妳幸福、祝福妳快樂。」朵依說。

「對不起呀！媽媽沒有依照約定回到你們身邊，不管我是因為什麼理由而從手術台上離開，這些都不重要了，媽媽今天想要完成身為一個母親的最後一個責任——我想把太陽國的結局告訴你們。承均啊！禹豪啊！你們也都在吧？」影片中笑得很開心的朵依喊著孩子們的名字。

而這三個孩子早已自己沉浸在淚海之中。

「還記得太陽國王說他能看出陽光王子的心思嗎？那個心思就是：當陽光王子與其他寶石們跳舞的話，寶石們會因為想要顯示自己的色彩而藉由陽光王子的光芒去散發，因此變的光彩奪目。然而玻璃珠卻不是，她不需要顯示自己的色彩，而是將陽光王子的光芒變成透明的光，透過玻璃珠，陽光王子變的更加晶瑩剔透。原本不敢望向陽光的人也因為透過玻璃珠的關係而可以見到這美麗的光芒。所以不知不覺中，玻璃珠和陽光王子跳著跳著彷佛成為一體。這可愛的光芒會照亮所有與會者的胸膛，然後大家也都跳起了幸福的舞蹈，讓太陽王國裡散發出美麗的彩虹光。」朵依不疾不徐地將故事的結尾透過錄影的方式說出來。

「我希望你們也可像玻璃珠一樣，不需要一直去強調自己有多美，只需要藉由陽光的折射，讓你們心中的純淨跟著散發出來。祝福妳未來的日子都能跟玻璃珠一樣純淨透明、清晰亮麗。」影片的最後，朵依笑著的模樣深深地烙印在在場客人的眼裡、心裡。

結束了影片的播放，大勝再次站在舞台上，拿著麥克風看著已經哭成淚人兒的凱蒂以及在一旁猛擦眼淚的禹豪和承均說：「我知道你們三個都沒有辜負朵依的期望，對我而言，有價值的人生就是從你認清自己是誰的那刻開始，祝福你們未來都可以更好。」

兄妹三人緊緊牽著彼此的手，感謝著朵依在生命的最後還一直為他們著想，送了一次又一次人生中「最後的禮物」，已逝的時光不可能重來，他們知道彼此都是不可或缺的家人，對他們來說，有價值的人生就是身邊陪伴著重要的人、知足幸福的努力活著。

※為保障您的權益，每一項資料請務必確實填寫，謝謝！

姓名		性別	□男　□女
生日	年　月　日	年齡	
住宅地址	郵遞區號□□□		
行動電話		E-mail	

學歷

□國小　□國中　□高中、高職　□專科、大學以上　□其他＿＿＿

職業

□學生　□軍　□公　□教　□工　□商　□金融業
□資訊業　□服務業　□傳播業　□出版業　□自由業　□其他＿＿＿

謝謝您購買 **最後的禮物** 與我們一起分享讀完本書後的心得。務必留下您的基本資料及電子信箱，使用我們準備的免郵回函寄回，我們每月將抽出一百名回函讀者，寄出精美禮物以及享有生日當月購書優惠！想知道更多更即時的消息，歡迎加入"永續圖書粉絲團"

您也可以使用以下傳真電話或是掃描圖檔寄回本公司電子信箱，謝謝！

傳真電話：（02）8647-3660　電子信箱：yungjiuh@ms45.hinet.net

●請針對下列各項目為本書打分數，由高至低5～1分。

	5 4 3 2 1		5 4 3 2 1
1.內容題材	□□□□□	2.編排設計	□□□□□
3.封面設計	□□□□□	4.文字品質	□□□□□
5.圖片品質	□□□□□	6.裝訂印刷	□□□□□

●您購買此書的地點及店名＿＿＿

●您為何會購買本書？

□被文案吸引　□喜歡封面設計　□親友推薦　□喜歡作者
□網站介紹　□其他＿＿＿

●您認為什麼因素會影響您購買書籍的慾望？

□價格，並且合理定價是＿＿＿　□內容文字有足夠吸引力
□作者的知名度　□是否為暢銷書籍　□封面設計、插、漫畫

●請寫下您對編輯部的期望及建議：

221-03

新北市汐止區大同路三段194號9樓之1

傳真電話：（02）8647-3660
E-mail：yungjiuh@ms45.hinet.net

廣 告 回 信
基隆郵局登記證
基隆廣字第200132號

培育

文化事業有限公司

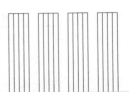

讀者專用回函

最後的禮物

培養文化育智心靈的好選擇